5
ZENRYOKU KAIHI
FLAG CHAN!

死亡フラグちゃん
SHIBOU FLAGCHAN
死神No.269。
落ちこぼれの死神。
モブ男に恋をしている。
「今度は私が、貴方を助けに行きます」
「このままオモチャが壊れたままなんてヤダし」
恋愛フラグ
RENAI FLAG
天使No.51。
イタズラが大好きで
ノリの良い性格。

モブ男を救出せよ
「困難であるからこそ、愛は燃え上がるのよ！」
失恋フラグ
SHITSUREN FLAG
死神No.51。
フラグちゃんを恋のライバル視している。
「復活させて、ぶん殴ってやらねば気が済まぬ」
生存フラグ
SEIZON FLAG
天使No.11。
根は優しいがドSで素直になれない。

失恋フラグ、遂に恋が成就！？
「し、幸せぇ!! こんな日が、ずっと続けばいいのに！」

モブ男は白馬から降り、満面の笑みで近づいてきた。
品のいい香水の香りがただよう。
「今日も君は美しい」

死神同士、フラグ回収真剣勝負

「今から私と、
死亡フラグ回収の勝負をしなさい」
死神No.1
SHINIGAMI No.1
神様と一緒に
仮想世界を作った死神の一人。

RYOKUKAIHI FLAGCHAN!

CONTENTS

# 全力回避フラグちゃん! 5

壱日千次
原作：Plott、biki

MF文庫J

口絵・本文イラスト●さとうぽて

# プロローグ

地上のはるか上空に存在する、天界。

そこにそびえ立つ宮殿では『死神』や『天使』がそれぞれ『死亡フラグ』や『生存フラグ』などを回収している。

天使や死神は、それぞれ寮に暮らしている。

そのうち『死神寮』の一室。

机には超高性能のデスクトップPCが鎮座《ちんざ》し、沢山のディスプレイが備え付けられている。

椅子に座ってキーボードを叩《たた》くのは、まとまりのない長い髪の少女だ。身長は百三十センチにも満たないため、床に足が全く届いていない。

『最も優秀な死神』との呼び声高い、死神№1だ。

人形のような愛らしい顔立ち。だが口元の笑みは、禍々《まがまが》しさに溢《あふ》れている。

「ふ……ふふふ……」

楽しくてたまらない。

憎き死神№269――フラグちゃんを葬る準備が、整いつつあるのだから。

死神№1は遥《はる》か昔、天界の最高指導者『神様』に生み出された。

そして、こう言われたのだ。

『君の使命は、人の死を適切に管理すること。これから生まれてくる死神――妹たちの見本になるよう、優秀な死神になっておくれ』

これを№1は胸に刻みつけ、生きる指針《ししん》とした。

『優秀な死神』となるため、努力を重ねた。

効率的な死亡フラグの回収法を、徹底的に研究する。

小柄で愛らしい姿では威厳《いげん》に欠けるので、普段は髑髏《どくろ》の仮面をつけ、甲冑《かっちゅう》をまとうようにした。移動の際は甲冑の下で竹馬を使う――はじめは何度も転んだが、練習して克服したのだ。ボイスチェンジャーで声も変えた。

結果。

誰よりも多くの死亡フラグを回収し、天界での名声は不動のものとなった。

『これで神様は、私をもっと愛してくださるはず！』

忠犬のように、胸を躍《おど》らせる№1だったが。

神様は、予想外すぎることを言った。

『死神№269のため、フラグ回収のトレーニングシステムを作ろうと思うんだ』

……意味がわからなかった。

死神№269は、天界の誰もが知る落ちこぼれ。何故《なぜ》そんなヤツのために、わざわざ？

理由を尋ねると、神様は夢見るように虚空《こくう》を見て、

『死神№269は、うまく成長すれば今までにない〝優しい死神〟になれると思うんだ』

（ど、どうして）

私は貴方《あなた》のために頑張ったのに。誰よりも優秀になったのに。

何故もっと愛してくれず、なんの結果も出していない役立たずに期待する？

心が嫉妬で煮えたぎる。

そこへ神様が無自覚に、燃料を注ぎ込んできた。

『で、トレーニングシステム作成を、君にも手伝って欲しいんだよ』

（私に、その手伝いをしろと……!?）

――神様は、№1がいつも一人でいることを気にかけていた。だから後輩の育成に参加させることで、周囲との繋《つな》がりを作りたいと考えていたのだ。

だがそんな内心に、№1が気付くはずもなく……

憎悪を、フラグちゃんに向けた。

ゆえにトレーニングシステム『仮想世界』に、仕掛けを施《ほどこ》した。

メインプログラム『モブ男《お》』に、密《ひそ》かに『バグ』を埋め込んだのだ。結果モブ男は『自我』を持った。

（死神No.269は、死神としては優しすぎるという。自我を持つ相手から、死亡フラグ回収はしづらいはずです）

必然、訓練は失敗続きとなる。神様も愛想を尽かすだろう。

そのNo.1の目論見《もくろみ》は、外れた。

たしかにフラグちゃんは、仮想世界でもダメダメだった。だが生存フラグ、恋愛フラグ、失恋フラグたちと絆《きずな》を深めていく。

その様子を神様は温かく見守っていた。仮想世界で特訓すれば、No.269が今までにない『優しい死神』になれるという期待――全く揺らいでいないようだ。

（ならばNo.269を、仮想世界に行けなくしてやります）

業を煮やしたNo.1は、モブ男を密かに『死亡フラグクラッシャー』に調整した。

『死亡フラグをへし折る存在』にし、死亡フラグ回収の練習台として機能できなくしたのだ。

結果、フラグちゃんは仮想世界に行く意味を失い、失意に沈んだ。

（これで、神様の計画もおしまいです）

だがそれでも神様は、フラグちゃんを見放さず、モブ男を元に戻す手段を探す。

苛立《いらだ》ったNo.1は、今度こそ引導を渡すべく、フラグちゃんにこう告げた。

『一度でもモブ男から死亡フラグを回収すれば、彼は元に戻る』

『ただし失敗すれば、二度と仮想世界に行くことは許さない』

フラグちゃんはこの条件を呑《の》み、仮想世界へ向かう。

No.1は、ほくそ笑んだ。

（今のモブ男は死亡フラグクラッシャー。落ちこぼれの死神に、回収できるはずがないのです）

だが。

フラグちゃんは何度失敗しても、立ち上がり——

死にゆくモブ男に優しく寄り添い、ついに死亡フラグを回収した。

それを見て、神様は膝《ひざ》をたたいた。

『あれこそ僕が求める、新たな死神の姿だ』

「!!」

その言葉に、かつてないほど№1の心は抉《えぐ》られた。

神様の賞賛も、期待のまなざしも、優秀な私に向けられるはずだったのに。

どうして。

どうしてあの落ちこぼれが神様の心を奪うのだ？

（許さない）

これ以上無い地獄を、味わわせてやる。

（そのために、まずあなたに消えてもらう）

№1はエメラルドグリーンの瞳を、ディスプレイの一つに向ける。

そこにはTシャツとジャージ姿の、パッとしない男が映っていた。右手人差し指の先には包帯が巻かれている。

モブ男《お》だ。

こいつを、№269は愛してしまったらしい。

（単なるプログラムに過ぎないのに、落ちこぼれの考えることはわかりません）

だが、今の状況ではありがたい。こいつを壊せば、№269にこれ以上ない痛みを与えられるではないか。

すでに『バグ』によって、モブ男の身体《からだ》は崩壊がはじまっている。包帯は、それを隠すためだろう。

No.２６９は以前、モブ男にこう言っていた。

『あなたにどんな『バグ』があろうと、必ず私が助けます』

（笑わせてくれます）

あの落ちこぼれが助けられるはずがない。モブ男の消滅は時間の問題――絶対に避けられないのだ。

（ですがそれは、計画の一段階目にすぎません）

No.２６９の友人である生存フラグ、恋愛フラグ、失恋フラグにも消えてもらい……絶望のドン底で、本人にも消滅してもらおう。

「ふ……ふふふ……」

No.１は、残像すら見える速度でキーボードを叩《たた》いた。

計画通りにいけば。

きっと神様は今度こそ、私だけを見てくれるはずだ。

# 一話　五感を共有できたらどうなるのか？

「俺の名はモブ男《お》。ニートだ。思いを寄せるモブ美《み》に土下座で頼み込み、今日のデートにこぎつけたのだが……」

待ち合わせ場所の公園に来て、驚いた。

モブ美は、他の男と腕を組んでいたからだ。ブランド物の服をセンス良く着こなす、イケメンである。

「モブ男、やっぱり私はこの『モテ男《お》』さんと付き合うことにしたわ。彼は、アンタにないものを全て持ってるもの」

「シャワー付き便座とか？」

「いや、もっとあるでしょ！　ちゃんとした仕事とか、ブランドものとか……つうかシャワー付き便座くらい買いなさいよ！」

モブ男のボロアパートには、そんなもの付いていないのだ。

モブ美は豊満な胸を、モテ男の腕に押しつける。手をひらひら振って、

「じゃあねモブ男」

「モブ美──！　……くそっ。モテ男が妬《ねた》ましい……！」


「立ちました！」


『死亡』と書かれた小旗を持つ、黒髪の少女が現れた。黒シャツには『死亡』と大きくプリントされており、ピコピコハンマーがついた大鎌を持っている。

「あ、フラグちゃん」

死神No.269──『死亡フラグ』。『死が濃厚になる行動』をした者の前に現れる死神だ。

死神や天使は、フラグを立てた者のもとへ一瞬でやってくる。

金色《こんじき》の瞳でモブ男を見上げてきて、

「人を妬むのは死亡フラグですよ！」

「フラグちゃんだって、よく巨乳の人を妬んでるじゃないか」

「うぐっ」

三秒で論破されるフラグちゃん。

目をそらして、弱々しく反論する。

「ね、妬んでなんかないですよ。私の胸は特選メロンだし……って、あれ？」

しげしげと、モブ男《お》の右手人差し指を見る。そこには包帯がグルグル巻きになっていた。

「怪我《けが》でもしたんですか？」

「あ、これは」

モブ男は慌てて右手を、身体《からだ》の後ろに隠す。

「ハナクソをほじろうとしたら、勢い余って突き指してね」

「そんなことあります⁇　……と言いたいところですが、モブ男さんなら十分ありえますね」

「……」

なぜか、ちょっと切なげな顔をするモブ男。

声を張り、わざとらしく話をそらす。

「あぁ、モテ男《お》と五感を共有できたらいいのになー」

「五感――というと、視覚、聴覚、触覚、味覚、嗅覚ですね。なんでですか？」

「そしたら、腕に押し当てられたモブ美《み》の巨乳を堪能《たんのう》できるじゃないか」

「できるよ～」

桃色ボブカットの少女が現れた。白いブラウスに、フリルが沢山ついたピンクのスカートを穿《は》いている。

天使№51『恋愛フラグ』。

恋愛フラグが立った者たちを結びつけるのが仕事だ。モブ男からは『師匠』と呼ばれている。

「あ、師匠」

「五感の共有がしたいんだよね？　そんなときはコレ。天界アイテム『感覚共有マシーン！』」

恋愛フラグが両手をかざすと……

右手にはトランシーバーのようなもの。そして左手には一センチほどの球体が現れた。

球体の表面は、マジックテープのようにザラザラしている。

「説明するよ。このトランシーバーみたいなのが『親機』。小さいのが『子機』というんだけど……」

両方とも、モブ男に手渡してきて、

「『子機』を誰かにくっつけると、その五感を『親機』を持った者が共有できるんだ」

恋愛フラグは他にも、あらゆる天界アイテムを所持している。

本音を漏らす入浴剤『ぶっちゃけバスソルト』、摩擦係数《まさつけいすう》を操る薬『マサツ丸《がん》』、サイコメトリー能力を得られる『サイコメトロンX』など……

「師匠。つまり『子機』をモテ男《お》に付ければ……」

「モテ男君と五感が共有できるね。モブ美《み》ちゃんを間近で見れるし、感触も、匂いもわかるよ」

モブ男《お》は鼻息を荒くして、

「つつつ、つまり、モテ男がモブ美とエッチをすれば、その感触を味わえるんですね⁉」

フラグちゃんが、道端の吐瀉物《としゃぶつ》を見るような顔で、

「ゲ、ゲスにも程がある……悲しくならないんですか」

「たしかに悲しいよ」

モブ男は、これ以上ない真っ直《ます》ぐな目で、

「でもその悲しみを乗り越えてでも、モブ美とのエッチの快感を知りたいんだ」

「これほどカッコ悪い『悲しみを乗り越えても』。人類史上なかったでしょうね」

フラグちゃんは確信をこめて言う。

「よーし、行くぞ」

モブ男はコソ泥のごとく、モテ男とモブ美に背後から忍び寄る。

えいやっ、と『子機』を投げた。それがモテ男の背中に、くっつきそうになった瞬間。

「ハッハッハッ」

野良《のら》犬が駆けてきて、その胴体に『子機』がひっついた。

──モブ男は、犬と五感を共有した。

「うぉ⁉」

視界が低くなり、四本足で疾走していく。人間ではありえないスピード感。

「うっひゃー、気持ちいいー！」

目的とは違ったが、これはこれで爽快だ。

しかも。

「おお、可愛《かわい》いワンちゃんじゃのう。こちらに来るのじゃ」

前方で屈《かが》んだのは『生存フラグ』。『優しくなる』ことを目的に、仮想世界で練習している。凜《りん》とした雰囲気の美女だが、可愛いものが大好きなのだ。

彼女が広げる両手の奥には、包帯で包まれた大きな胸が見える。

モブ男は、卑《いや》しい叫びをあげた。

「うっひょう！　このまま抱きつき、たわわを堪能《たんのう》するぞ！」

だが当然、犬がモブ男の思い通りに動くわけがない。

「あっ、ワンちゃん……」

生存フラグの悲しげな声。犬が脇を素通りしていったからだ。

おじさんが散歩させていた、大型犬のもとへ。

モブ男は焦る。

「おい待て、そっちじゃ……」

そして。

大型犬の尻に鼻を押しつけ、肛門《こうもん》をクンクンかぎはじめた。

「ぐっええええ!?」

犬同士のありふれた挨拶だが、嗅覚を共有しているモブ男にはたまらない。その場で、のたうちまわる。

フラグちゃんは気の毒そうに、

「うわぁ、犬の嗅覚は人間の一万倍ありますし、これはきつい……」

「臭いし、犬の肛門のどアップなんか見たくないよ！　ぎゃあ、俺の鼻に肛門の感触が！」

傍目《はため》には意味不明なことを叫ぶモブ男に、周囲の人々が奇異の目を向ける。

「モブ男くんはホント、期待を裏切らないなあ」

恋愛フラグはお腹《なか》を抱えて笑っている。

野良《のら》犬は大型犬から離れ――

今度は公園のゴミ箱を漁《あさ》り、中から紙袋を引っ張り出した。

紙袋を逆さにして振ると、ハンバーガーが落ちてくる。パンも肉も変色してグズグズで、蝿《はえ》がたかっていた。

モブ男は顔面蒼白《そうはく》になり、

「ちょ、ちょっと待て。そんなもん食うな……やめ……ぉおえぇぇぇえ!!」

叫んで七転八倒《しちてんばっとう》する。その奇怪な姿に、周囲の人々が逃げだした。

「もはや気の毒に思えてきました……」

フラグちゃんは、大鎌の柄《え》を器用に使って、モブ男のポケットから『親機』を弾《はじ》き出した。直接触ると、フラグちゃんが野良犬と五感を共有してしまうからだ。

モブ男は悪夢から覚めたように、汗びっしょりで、

「た、助かったよフラグちゃん。あの生ゴミ、ひどい味だった……フラグちゃんの料理よりずっとマシだけど……」

「その補足いらないでしょ」

フラグちゃんが、ピコピコハンマーでモブ男を叩《たた》く。

恋愛フラグは涙をぬぐい、呼吸を整えながら、

「あ〜楽しかった。じゃあボク、せーちゃんを呼んでくるね」

スカートを揺らして、生存フラグの方へ歩いて行く。

その時。

「やっほ〜、モブく〜ん」

青いツインテールの少女が現れた。

左右の瞳の色が違う、いわゆるオッドアイ。白いブラウスに、ショートパンツ型のサロペット。

死神№51『失恋フラグ』——失恋しそうなフラグを立てた者の前に現れる、死神だ。

「あ、失恋フラグちゃん。俺なにか失恋フラグ立てた？」

「ううん。モブくんの顔が見たくて来ちゃった。あとここに、れんれんもいるみたいだから」

『れんれん』とは、恋愛フラグのこと。

失恋フラグは彼女のことが大好きなのだ。ただその好意は一方通行気味で、塩対応されているのだが。

「……ん？　これなにかしら？」

失恋フラグは、地面の『親機』に目をとめた。

フラグちゃんが止める間もなく、拾い上げてしまう。

「落としものなら届けなきゃ——って、なに!?」

野良《のら》犬と五感を共有してしまったのだろう。動揺し、ツインテールを振り乱す。

しかも。

「はっはっはっ」

野良犬が今度は、恋愛フラグのもとへ向かっていく。

彼女は笑顔でしゃがみ、

「あー、さっきのワンちゃんだ。ありがとね。キミのおかげで楽しいものが見れたよ」

「え、れんれん……？」

状況が理解できない失恋フラグ。

そして恋愛フラグは。

野良犬を仰向《あおむ》けにし、お腹《なか》や脇などを撫《な》ではじめた。

「よ――しよしよしよし、いい子いい子」

「れ、れんれ――――ん！」

ビクンビクン！　と痙攣《けいれん》する失恋フラグ。目はとろけ、口の端から涎《よだれ》が垂れている。普段は塩対応されているだけに喜びはひとしおである。

「あぁぁああ、ダメよ、そんな所さわっちゃ――――!!」

傍目《はため》には、さっきのモブ男《お》以上の不審者だ。

野良犬はくすぐったかったのか、起き上がった。そして今度はモブ男のもとへ。

失恋フラグは息も絶え絶《だ》えで、

「い、いまアタシどうなってるの!?　どうしてモブくんに近づいていくの!?」

「あのですね――ちょ、ええっ!?」

フラグちゃんは驚いた。

野良犬《のら》がモブ男《お》を押し倒し、顔中を舐《な》め始めたからだ。とうぜん舌の『触覚』も、共有されることになる。

「ひゃあああっへえぇ⁉　モ、モブくんとファーストキス……！　しかも舌でペロペロぉ……‼」

ある意味、これも間接キスかもしれない。

あまりの快楽にオーバーヒートし、失恋フラグは仰向《あおむ》けにぶっ倒れた。気絶しているが、実に幸せそうな顔だ。

「ちょ、ちょっとうらやま……じゃない。もう滅茶苦茶《めちゃくちゃ》です」

フラグちゃんが、野良犬をモブ男から引《ひ》き剥《は》がしたとき。

「ちょっと、離してよ！」

モブ美《み》の、悲鳴混じりの声が聞こえてきた。

見れば、屈強そうなチンピラに腕を掴《つか》まれている。

「いいじゃねえか、そんなヒョロい男なんかほっといて、俺と遊ぼうぜ」

「モテ男《お》さん、助けて――って、いない？」

すでにモテ男《お》は、はるか遠くにいる。モブ男《お》も顔負けの逃げ足だ。

「そういえば、家に宅配便が届く時間だ」

「モテ男ぉ――――！」


「恋愛フラグが立ったよ～」

モブ男の傍《そば》に、恋愛フラグが瞬間移動してきた。

「チャンスだよモブ男くん。ここでモブ美《み》ちゃんを助ければ好感を持たれること間違いなし」

「それはそうだけど、あのチンピラのガタイいいし……そうだ！」

モブ男は、フラグちゃんが抱いている野良《のら》犬から『子機』をとった。

つづいて、至福の表情で気絶する失恋フラグのもとへ。その小さな手から『親機』を取る。

そして再びのコソ泥ムーブで、チンピラに近づいていき……

ズボンの後ろポケットに、親機を放り込んだ。

五感が共有されたのだ。


「うぉ、なんだ⁉」

チンピラが戸惑う。『子機』を持つモブ男と、五感が共有されたのだ。

「よし次は……」

モブ男が周囲を見まわすと、生存フラグと目があった。

両手を前に突き出し、正面突撃する。

「そのクソデカおっぱい、モミモミさせてぇぇえええ！」

「死ね‼」

カウンターで顔面に正拳突き。当然、チンピラにもダメージがいく。

「「ごっへぇぇえええ⁉」」

二人の悲鳴がハモり、まったく同じ動きで吹っ飛ぶ。

生存フラグは、冷たく碧《あお》い目でモブ男を見下ろしてきて、

「何を考えておる、この色魔《しきま》が！」

「罵倒じゃなく、殴るか蹴るかして！　お願いだからぁ！」

「そ、そういう趣味に目覚めたのか……？　えぇい、すがりつくな！」

強烈な蹴りを食らうモブ男。

チンピラは訳もわからぬままに、気絶した。

「ふう、なんとか撃退できたか……」

モブ男《お》は鼻血をぬぐいつつ、上半身を起こした。害虫並みの打たれ強さである。

「……」

そんな彼をモブ美《み》は一瞥《いちべつ》し、走り去っていく。

フラグちゃんが近づいてきて、膝《ひざ》に手を当ててかがみ、

「モブ美さんは、無事に逃げられたみたいですよ」

「それはよかった。むふふ。後日《ごじつ》、俺が助けたことを教えればメロメロに……」

「いや、天界アイテムのこと、どうやって説明するんですか」

「あー！」

モブ男はアホであった。

頭を抱える彼に、フラグちゃんは微《かす》かに頬《ほお》を染めて、

「でも、身を挺《てい》して守る姿、かっこよかったですよ」

「ちんちくりんの言う通りよ。惚《ほ》れ直しちゃった！」

いつのまにか目を覚ましていた失恋フラグも、笑顔で讃《たた》えてくれた。

「いったいどういうわけじゃ？」

不思議そうに首をかしげる生存フラグ。恋愛フラグから「実はね……」と耳打ちされ、
眉をひそめる。

「ふん、わしを利用しおったのか。なんとゲスな方法じゃ」

フラグちゃんはティッシュをちぎり、モブ男の鼻に詰めてあげながら、

（モブ男さんは確かにゲスで、間抜けで、臆病者だけど）

肝心な時には勇気を振り絞って、誰かを守ろうとする。

——仮想世界で、初めて会ったときも。銃口の前に身をさらして、

『フラグちゃん、早く逃げろ』

——『死亡フラグクラッシャー』になった時も。

『あああぁぁあああ!! 俺のアホ！　なんでフラグちゃんはほとんど不死身なのに、いつも助けに来てしまうんだ！』

——魔女狩りの仮想世界で、フラグちゃんが火刑に処されそうになったときも。

『フラグちゃんが傷つくのを、黙って見過ごせるか！』

フラグちゃんは、そんな彼に惹《ひ》かれたのだ。

たとえプログラムであろうとも。

「さぁ、モブ男さん。立って下さい」

差し出した小さな右手を、モブ男は笑顔で握りしめる。

「ありがとう」

引っ張《ぱ》ると――

フラグちゃんは尻餅をついた。

「え？」

一瞬、何がなんだかわからなかった。

フラグちゃんの身体《からだ》に、細長い物体が乗っている。重さは四キロほどだろうか。

何度も見たことがある。意外な逞《たくま》しさに胸を高鳴らせたこともある。これは。

（……う、腕……っ!?）

モブ男《お》の右肩から先が、取れていた。

「きゃあああああ、モブくーん!!」

失恋フラグが立ちくらみを起こす。

それを生存フラグが支えつつ、唇を戦慄《わなな》かせて、

「ど、どういうことじゃ？　ワシのさっきの蹴りのせいか？」

「蹴りでこんな風になるはずないでしょ……落ち着きなって……」

そういう恋愛フラグも、声が震えている。

フラグちゃんは呆然《ぼうぜん》と腕を抱きしめ、モブ男の傍《かたわ》らに膝《ひざ》をつく。頭がうまく回らない。

「と、とにかく、救急車……え、なんですかこれ⁉」

肩の断面からは、血が全く出ていない。肉や骨すら見えない。デジタルじみた、無機質なエフェクトがあるだけ。

異常きわまりない事態。

だが当の本人――モブ男は、意外なほど冷静だった。

「ああ……また取れたのか……」

「『また』？」

モブ男は、左手を伸ばす。フラグちゃんが持つ『右腕』――その人差し指に巻かれた包帯をつまんだ。

それを解《ほど》いていくと。

「っ！」

フラグちゃんは悲鳴を漏らした。

人差し指の先が、ない。傷口の断面は肩と同じように、デジタルじみたものだ。

四人の少女が蒼白《そうはく》になり、固まる中――

モブ男は、ぽつぽつと語り始めた。

「少し前に、こうなったんだよ。めちゃくちゃ怖いから、包帯つけて見えないようにしていたんだけど……はは、『病気を隠す』のは死亡フラグだよね」

空気を和《なご》ませようとしたが、皆の表情は強《こわ》ばったままだ。

「……あのさ」

モブ男は、己《おの》の右肩を一瞥《いちべつ》し、

「俺って、普通の人間じゃないよね」

「「「！」」」

「だってこんな傷口、ありえないだろ。それだけじゃない――」

黒い瞳で、遠くを見つめる。

「ありえないほど沢山の記憶があるんだ。

戦争に行ったり。

ファンタジーみたいな世界で、冒険者になったり。

バイ○ハザードのような体験をしたり。

『シンデレラ』みたいな物語に入り込んだり。

そのたびに死んでいるのに、君たちとまた出会って……」

フラグちゃんたちは、顔を見合わせた。

――ついにモブ男は、重大な秘密に気付こうとしている。

「で、あるとき俺は、YouTube《ユーチユーブ》でたまたま『世界五分前仮説』というものを知った」

その仮説は、ありとあらゆる全てのもの――宇宙、地球、建造物、人間や動物などが、『五分前に何者かに作られた』というものだ。

「この仮説、俺にピッタリ当てはまるんだ。俺は『何者か』に何度も作られて、何度も死んで……」

見事に的中している。『何者か』とは、神様のことだ。

そしてモブ男は。

己の傷口を改めて見直して、

「このデジタルっぽい感じ――ひょっとして、俺『プログラム』だったり？」

「「「！」」」

遂《つい》にモブ男は、真相に辿《たど》り着《つ》いたのだ。

「それはっ……！」

取り繕《つくろ》う言葉を探す、フラグちゃんの横で。

「そうだよ、君はプログラムなんだ」

ハッキリ告げたのは、恋愛フラグだ。

驚くフラグちゃんに、こう耳打ちしてくる。

「仕方ないよ。遅かれ早かれ、こうなる運命だったんだ。モブ美《み》ちゃんだって気付いたんだから……」

（そういえば）

モブ美もモブ男《お》同様、プログラムでありながら自我を持つ存在。

先日は『主役をやりたい』という欲求のために、己を作った神様さえ脅迫したほどだ。

そして、神様はモブ美についてこう言っていた。

**『このお方にも、バグが起きていてね……自分がプログラムであることに気付いておられる』**

同じく『バグ』を持つモブ男も、己の素性に気付く可能性はあったのだ。

座ったままのモブ男が、恋愛フラグを見上げて、

「プ、プログラムって……いったい、何のための？」

「死神や天使によるフラグ回収の、練習用プログラムだよ」

「……」

　そしてモブ男は、力なく呟《つぶや》く。

「やっぱ俺、人間じゃなかったんだ……」

　四人の少女は、かける言葉も見つからない。自分がプログラムだと知った衝撃は、どれほどのものか……

「なーんだ！　よかった！」

　モブ男は、カラリと笑った。

「「「へ？」」」

「だって俺がニートで、モテないのも、その『何者か』の設定のせいってことでしょ？　俺は全く悪くない！」

「気味悪いほどポジティブじゃな……」

　苦笑する生存フラグだが。

　フラグちゃんは、モブ男が微《かす》かに震えているのに気付いた。

（怖いに、決まってるじゃないですか）

　自分が作り物だとわかり、しかも身体《からだ》が欠損《けっそん》していくのだ。空元気《からげんき》を出す姿に、胸がしめつけられる。

　フラグちゃんは、生存フラグ、恋愛フラグ、失恋フラグを見まわして、

「私、神様に、モブ男《お》さんを治す方法を聞いてきます」

「じゃ、じゃあアタシも――」

「皆さんは、モブ男さんの傍《そば》にいてあげてください」

フラグちゃんも、今のモブ男から離れたくはない。だが、信頼する三人が付いていてくれるなら、安心できる。

失恋フラグは少し考えたあと、フラグちゃんを真《ま》っ直《す》ぐに見てきて、

「……わかったわ。モブくんのことはアタシたちに任せときなさい。とりあえず、彼のアパートに連れていくわ」

「はい！」

フラグちゃんは、しゃがんでモブ男と目を合わせる。

「モブ男さん。前も言いましたけど――」

「うん？」

そして誓う。

「あなたにどんな『バグ』があろうと、必ず私が助けます」

助けられる根拠など、一つもない。

だが、やらなければならないのだ。
フラグちゃんは天界へ続く扉へ、全速力で向かった。

# 二話　神様に相談したらどうなるのか？

フラグちゃんは扉を通って、天界の宮殿へ戻った。

廊下を駆け、死神とすれ違う。こんな声が背後から聞こえる。

「あ、落ちこぼれの死神No.２６９じゃん」

「仕事もないくせに、何を急いでるんだろうね」

普段は胸に突き刺さる悪口。だが今はどうでもよかった。

巨大な扉――謁見《えっけん》の間に辿《たど》り着《つ》いた。この向こうに、神様はいる。

「失礼します！」

小さな身体《からだ》で大扉を押しあける。

中は、サッカーグラウンドほども広い。床や壁は大理石で、ステンドグラスから光が入ってきている。

部屋の奥にある玉座――その近くまでフラグちゃんは全力ダッシュし、肩で息をしながら、

「はあ……はあ……っ。突然申し訳ありません。神様」

「ど、どうしたんだい、死神№２６９」

ただならぬ様子に、神様が立ち上がる。茨《いばら》の冠にアロハシャツ姿の、中年男性だ。

「モブ男《お》さんが、モブ男さんが……！」

フラグちゃんは、焦る気持ちを抑えて説明した。

モブ男が自分は『プログラム』だと気付いたこと。そしてなにより深刻な、身体が欠損《けっそん》する異常。

神様は難しい顔をして、聞き終えたあと。

空中にディスプレイを表示させる。モブ男のプログラムのチェックをはじめたようだ。

フラグちゃんは暗い表情で、落ち着きなくうろうろする。

重病に冒《おか》された家族の、診断結果を待つかのようだった。


神様は三十分ほど作業をしたあと、沈んだ声で、

「状況はわかったよ。恐れていたことが、遂《つい》に起こった」

「……！」

不穏《ふおん》な前置きに、フラグちゃんの胸がずっしりと重くなる。

「『モブ男《お》』に、重篤《じゅうとく》なエラーが発生している」

神様が示すディスプレイは『ERROR《エラー》!』『ERROR!』『ERROR!』……血のように赤い文字で溢《あふ》れている。

フラグちゃんは、おそるおそる尋ねた。

「エラーというのは、一体」

「前にも話したけれど、モブ男には何故《なぜ》か『バグ』がある。『自我』が芽生《めば》えたのは、そのためでもある」

神様は苦しげに、顔に掌《てのひら》を押し当てて、

「どういうわけか、急激にその『バグ』の深刻さが増したんだよ――プログラムが崩壊し始めている」

フラグちゃんの呼吸が苦しくなる。

「プ、『プログラムが崩壊』って……結局、モブ男さんはどうなるんですか」

神様は、フラグちゃんのモブ男への想《おも》いを知っている。

ゆえにこの宣告をするのは、胸が締め付けられる思いだった。

「……このままだと動作不良を起こし、粉々に壊れる。もちろん別の仮想世界で復活もしなくなる」

フラグちゃんは、くずおれるように膝《ひざ》をついた。

神様は痛ましい気持ちで、うつむきながら、

（しかし、妙だな……）

キーボードで、壊れかけたモブ男のソースコードを、書き直そうと試みる。

だが、全く受け付けてくれない。

何度やっても、こうなのだ。理由がまったくわからない。

（そもそも……これは、たまたま発生した『バグ』なのか？　むしろ凶悪なコンピューターウィルスのような……誰かの悪意が込められているような）

こんな事をするには、途方もないＩＴ技術が必要だろう。

（犯人がいるなら、一体だれだ？　全く見当もつかないぞ……）

――ここで死神№１を無意識に犯人候補から除外するのが、神様の優しさといえる。

「ううむ……。……わっ」

神様は驚いた。足に、フラグちゃんが縋《すが》りついてきたからだ。

金色《こんじき》の瞳に、涙をいっぱいためて、

「モ、モブ男さんを……元通りにできる方法はないんですか？」

「……ない」

首を横に振る神様。

重い声で、更に厳しい現実を告げる。

「モブ男《お》だけでなく、あのトレーニングシステム『仮想世界』自体ももうダメかもしれない。モブ美《み》様の件もそうだけど、手に負えないバグが数多く見られるんだ」

「……」

神様は玉座から降り、フラグちゃんの細い肩に両手を置く。うつむいていて表情は見えない。

「かなり手間をかけて作ったけれど、もう終わりにしないといけないかな……」

それは神様にとっても、断腸《だんちょう》の思いだ。

（いまや仮想世界は、№269たちの大切な場所だ）

一人ぼっちだったフラグちゃんは、友人を得た。

生存フラグも、そうだ。

失恋フラグはモブ男と出会い、楽しそうに過ごしている。

恋愛フラグは……まあ、好き放題過ごしてはいるが……

仮想世界は『トレーニングシステム』という名目《めいもく》を超えて、死神や天使たちにとって大切な場所となっている。それを破棄せねばならないとは。

（何が、神だ）

奥歯を噛《か》む。フラグちゃんが――娘がこんなにも悲しんでいるのに、こんなにも自分は無力ではないか。

己への苛立《いらだ》ちを押さえつけ、フラグちゃんに優しく告げる。

「さっき言ったように、モブ男はもうすぐ動作不良を起こし、粉々に壊れる」

「……」

「せめて傍《そば》で、看取《みと》ってあげるといい」

すると。

うずくまっていたフラグちゃんは、ゆらりとゾンビのように立ち上がり、

「『大丈夫』って……何が……」

「だ、大丈夫です」

「神様が治せなくても、モブ男さんは、このまま壊れたりなんてしません」

誓うように、掌《てのひら》を胸にたたきつけて、

「私がなんとかします……！　いまモブ男さんに立っている特大の死亡フラグ、私が全力回避します！」

何の勝算もない決意。

だが金色《こんじき》の瞳に、諦めは一切なかった。

(そうだ――死神№13さんも、以前こう言っていた)

フラグちゃんは尊敬する、緑色の髪の死神を思い出す。

**『なにより大事なのは、最後まで諦めないことです』**


このままモブ男《お》の死を受け入れるなんて、絶対できない。

フラグちゃんは深々と礼をし、駆け足で去って行く。

その小さな背中を、神様は痛ましい気持ちで見送る。

(……僕も、諦めちゃいられないね)

可愛《かわい》い娘達《たち》のためにも、最善を尽くさねばならない。

再びモブ男のソースコードを見て、対策を考え始める。

だが『ERROR《エラー》!』『ERROR!』『ERROR!』……沢山の赤い文字が、モブ男の暗い未来を示していた。

⚑

「全力回避なんて、できませんよ」

死神寮の一室で、死神№1はつぶやいた。

机に複数並んだディスプレイ——その一つには、玉座の間が映っている。隠しカメラによるものだ。

必死の形相《ぎょうそう》で駆けていく、フラグちゃんを見つめ、

「落ちこぼれのあなたには、何もできない……今までも、これからもね」

子供のように短い指で、エンターキーを叩《たた》く。

モブ男の『バグ』を、更に一段階引き上げたのだ。

『うっ⁉』

ディスプレイの中の神様が、驚愕《きょうがく》した。

モブ男のソースコードの『ＥＲＲＯＲ！』の文字が増えていくからだろう。画面を埋め尽くすほど、急激に。

# 三話　全力回避できるのか？

フラグちゃんは、扉を通って仮想世界へ戻った。

すでにあたりは深夜になっている。夜空は皮肉なほどに綺麗《きれい》で、満月と星が瞬《またた》いていた。

住宅地を駆け、モブ男《お》のボロアパートへ。

部屋に入ると、粗末なキッチンの奥にリビングが見える。座卓、つけっぱなしのテレビ、ゲーム機などがある。

そこでは三人の少女が、暗い顔でたたずんでいた――そのうち失恋フラグが、期待でオッドアイを輝かせる。

「あ、ちんちくりん！　神様はなんて……」

「……」

フラグちゃんの暗い表情を見て、『朗報はない』と察したのだろう。

失恋フラグは頭を抱えて、うずくまってしまった。

ベッドに横たわるモブ男が、声をかけてくる。

「やあ、フラグちゃん」

微笑《ほほえ》むモブ男だが、右肩から先を失っているのが痛々しい。

「モブ男《お》さん、大丈夫で――」

そのとき。

いきなりの暴風でアパートが揺れ、豪雨が屋根をたたく。そしてテレビが、臨時ニュースを流す。

『突如《とつじょ》現れた大型台風は、列島を縦断し……』

(え？ さっきまで雲一つなかったのに)

フラグちゃんが驚くのをよそに、モブ男が窓の外を見て、

「さて、川の様子を見に行こうっと」

「何でですか⁉」

いきなり死亡フラグを立てたモブ男を、フラグちゃんは止めたが、

「じゃあ川じゃなく、田んぼを見に行くよ」

「モブ男さん、田んぼ持ってないでしょ！」

今度はチャイムが『ピンポーン』と鳴る。

モブ男がベッドから降りた。片腕がないためか、バランスを崩しながら玄関へ向かい、

「おや、こんな時間に誰だろう」

「立ちました！　夜中の来訪者への応対は、死亡フラグ！」

フラグちゃんがモブ男を追い越し、玄関ドアをあける。

案の定いたのは、殺人鬼っぽい大男。チェーンソーを『ヴヴヴヴヴン!!』と轟《とどろ》かせて振り上げてくる。

フラグちゃんは慌てて、大鎌で撃退した。

失恋フラグが困惑して、

「ど、どういうこと？　モブくん、いつもより何倍も死亡フラグが立ってない？」

「！」

フラグちゃんは、神様の言葉を思い出す。

**『このままだと動作不良を起こし――』**

（『動作不良』というのが……いま起きてる、死亡フラグの乱立のことだとしたら……！）

そして神様は、こう続けていた。

**『粉々に壊れる。もちろん別の仮想世界で復活もしなくなる』**

背筋が冷たくなった。

（とにかく今、モブ男《お》さんを傷つけさせちゃダメ！　ましてや、死亡フラグの回収なんか！）

フラグちゃんは大鎌を構えた。周囲を警戒しながら、仲間達《たち》に告げる。

「生存フラグさん、恋愛フラグさん、失恋フラグさん！」

「む？」「なに～？」「なによ」

「モブ男さんの死亡フラグを全て折っていきます！　今は絶対、回収させてはいけません――皆さんも協力して下さい！」

かつてないほど緊迫した姿に、三人はうなずいた。

だが渦中《かちゅう》のモブ男は、ベッドに寝直して脳天気に笑う。

「なんかマジになってるけど、大丈夫だよフラグちゃん」

己の右肩の、デジタルっぽい傷口を見つめて、

「だって、こんな非現実的なことあるわけないじゃん――これは夢なんだよ」

「立ちました！　ピンチにおいて『これは夢だ』は死亡フラグ！」

『死亡』の小旗を立てるフラグちゃん。

生存フラグが阿吽《あうん》の呼吸で、モブ男の頰《ほお》をつねった。

「あだだだだ！」

「どうじゃ、夢ではなかろう」

「はい！　現実です！」

解放されたモブ男は、赤くなった頬をさする。

続いて窓の外を見て、

「こうして臥《ふ》せってると、健康のありがたみがわかるね——元気になったら、俺、まともに働くよ」

「立ちました。クズの突然の改心は死亡フラグ！　恋愛フラグさん！」

「りょうか〜い」

恋愛フラグが掌《てのひら》をかざすと、小さな木製の人形があらわれた。

天界アイテム『分身パペット君』だ。ボタンを押した者そっくりの、意志を持った等身大の人形になる。

「モブ男くん。これでコピー人形を作り、働いてもらって、ニート生活続けなよ」

「ありがとう師匠！　おれ一生、ごくつぶしでいるよ！」

クソ決意をするモブ男。

失恋フラグがゲーム機を指さして、

「そ、そうだ！　みんなでコレで遊びましょ！　桃○郎電鉄とか」

楽しいことをすれば、死亡フラグが立たないと思ったのだろう。

だが今のモブ男《お》に、そんな方法は通用しない。

「いいねえ。女の子四人と桃○郎電鉄か——こんな幸せな日々がずっと続けばいいのに」

「立ちましたぁ！」

フラグちゃんは大鎌をなぎはらい、ゲーム機を破壊した。

「ぎゃー！　なにするのフラグちゃん！」

（ごめんなさいモブ男さん。あなたが生き残ったら、後でいくらでも弁償しますから！）

——それから。

フラグちゃんは頭と身体《からだ》をフル回転させ、仲間と協力して死亡フラグを折りまくった。

まるでイナゴの群れでも相手にしているかのように、キリがない。

だが、フラグちゃんの闘志は揺るがなかった。

（いくら死亡フラグが立とうとも、折り続けてみせます）

🏴

死神寮の、No.1の部屋。

ディスプレイの一つには、モブ男の部屋が映っている。

「No.２６９。なかなか頑張るではないですか」

それは賞賛ではなく。

幼い子供が、虫をいたぶるかのようだった。

「ではもう少し、バグを強くしましょう」

歪《ゆが》んだ笑みとともに、キーボードをたたく。

🏴

すでに百近くもの、モブ男の死亡フラグをへし折った頃。

「はあ、はあ……」

フラグちゃんはTシャツの裾《すそ》で、額の汗をぬぐった。ここ十分ほど、モブ男は死亡フラグを立てていない。

失恋フラグが期待をこめて、

「私たち、やったんじゃない？　乗り切っ……」

「ダメです！」

彼女の口を、フラグちゃんは掌《てのひら》で塞いだ。『危機を乗り切ったかもしれない』などと言うのは、死亡フラグだ。

——だが、そんな努力を嘲笑《あざわら》うかのように。

「なっ⁉」

生存フラグの声に、皆の注目が集まる。彼女が指さすベッドを見れば……

「あ、あぁ」

フラグちゃんは青ざめ、失恋フラグは尻餅をついた。

モブ男《お》は右腕だけでなく――左腕と左足も、根元から落ちている。

うつろな目で天井を見つめ、

「大丈夫。ちょっと休めば、すぐに元気になるよ」

「た、立ちました……その言葉も……」

この死亡フラグ、どうすれば回避できるのだろう。

休ませずに、歩かせる？　だが既に片足を失っている。もうフラグちゃんには、わからなかった。

「俺、死ぬ前に、せめて……」

「な、何がしたいの、モブくん！」

そう尋ねる失恋フラグに、モブ男は、

「おっぱいが揉《も》みたかった……」

「じゃあアタシの――」

「でも、もう両腕ないし無理だね。はは……」

オッドアイに涙を浮かべる失恋フラグ。

一方フラグちゃんは、少し考えたあと……

恋愛フラグにすがりついた。

「か、『感覚共有マシーン』貸して下さい」

「……」

恋愛フラグは何もいわず『親機』と『子機』を出してくれた。

そしてフラグちゃんは、『親機』をモブ男のジャージのポケットに入れる。これでフラグちゃんの五感が、モブ男と共有された。

「……っ！」

自分の胸に、両手を当てる。

だがそれは悲しいほどに平《たい》らで……モブ男の慰めにはなりそうにない。貧乳であることが、これほど悔しいのは初めてだ。

（……こ、こうなったら、生存フラグさんか失恋フラグさんに、胸を触らせて貰《もら》えるようお願いを――）

「フラグちゃん……泣いてるのか？」

モブ男《お》が呟《つぶや》いた。

「頬《ほお》を、涙がとめどなく伝ってるのがわかる。心臓は嫌な音を立てて。全身が震えて……あらゆる感覚からダイレクトに、君の深い悲しみが伝わってくる」

「……！」

フラグちゃんは『子機』を外し、五感の共有をやめた。

モブ男を見下ろす。両腕と片足だけでなく――顔や胴体のほとんどに、欠損《けっそん》が見られる。雪のように消え始めているところもある。

神様の、この言葉が現実になりつつあるのだ。

**『このままだと動作不良を起こし、粉々に壊れる。もちろん別の仮想世界で復活もしなくなる』**

フラグちゃんはベッドの縁《ふち》を握りしめ、激しく嗚咽《おえつ》した。

**『今モブ男さんに立っている死亡フラグ、私が全力回避します！』**

あんなに誓ったのに。

結局自分は、いつだって無力。落ちこぼれの死神のままだ。

生存フラグが珍しく、必死に声をかける。

「おい、しっかりしろモブ男《お》！　キサマは害虫並みのしぶとさが、唯一の取り柄《とえ》じゃろうが！」

「はは……相変わらず酷《ひど》いね」

モブ男は生存フラグの、碧《あお》い瞳を見上げて、

「俺、練習用プログラムだったらしいけどさ」

「む？」

「生存フラグさんは最初から優秀だったし、俺なんか必要なかったかな」

「そ、そんな……」

——そんなことはない。

(キサマのおかげで、死亡フラグたちと友人になれた。たった一人だったワシに、沢山の思い出を作るきっかけをくれた)

生存フラグの胸に、感謝は溢《あふ》れている。

だが口にするのを躊躇《ためら》っているうちに、失恋フラグが叫ぶ。

「モブくん、お願いだから消えないで！」

「失恋フラグちゃん、ありがとう。プログラムに過ぎない俺に、まっすぐに気持ちを向け

てくれて」

「そんなこと関係ないわ」

失恋フラグは激しく首を横に振る。

「『プログラム』とか『人間』とか関係ない。モブくんはモブくんだから好きになったのよ！」

（ああ）

生存フラグは、その素直さがまぶしかった。

（結局ワシは、モブ男が消滅しかけている時さえ『優しく』なれぬのか……!?）

続いてモブ男は、恋愛フラグに声をかける。

「師匠のおかげで、色々楽しかったよ」

「ボクは……キミで遊んでいただけだよ」

「そうか、俺、プログラムだもんね」

恋愛フラグの表情は、珍しく真剣そのものだ。壊れ物を扱うようにモブ男の頬《ほお》に触れて、

「キミはどう動くか、全く予想がつかなかった……それは単なるプログラムじゃないって証《あかし》なんだ」

「それは、嬉《うれ》しいな」

「キミみたいな面白い存在、初めてなんだ。だから消えちゃダメ。オモチャが勝手になく

なるなんて、許さないんだから……！」

——フラグちゃんは一連の会話を、呆然《ぼうぜん》と見つめていた。

一人一人にかける、末期《まつご》の言葉。

それは究極の死亡フラグだからだ。ここで自分もモブ男と会話をすれば、全てが終わってしまう気がする。

だが。

「フラグちゃん……」

消滅しかけているのに、必死に声をかけてくるモブ男。

無視する事なんてできない。

「ごめんなさい……ごめんなさい……モブ男《お》さん」

「どうして謝るんだい？」

「私、いつもいつも、死亡フラグを回避させてばかりなのに」

フラグちゃんは、喉奥《のどおく》から絞り出すように、

「肝心な今日だけは、貴方《あなた》の死亡フラグを回避できないなんて……私、本当に、ダメダメで……」

「そんなことはないよ」

モブ男はピシリといった。

消滅の淵《ふち》にあると思えないほど、強い声だ。

「練習用プログラムに過ぎない俺のために、泣いてくれたじゃないか。最後まで必死に、助けようとしてくれたじゃないか」

「……」

「それがとても、嬉《うれ》しいよ」

そしてフラグちゃんの心に、刻みつけるように、

「君が俺の死神で、よかった」

「モブ男……さん」

「落ちこぼれなんかじゃないさ。きっと、君にしかなれない……立派な……」

ついに全身がばらばらになり、散らばっていく。

「死神に、なれるから……」

「モブ男さん！」「モブ男！」「モブ男君!?」「モブくん！」

皆が悲鳴をあげる。フラグちゃんはモブ男のかけらを集めようとする。

だが必死に掴《つか》んでも、抱きしめても、こぼれおちていく。

そして。

モブ男はあとかたもなく消えてしまった。

さっきまでここにいたのが、嘘《うそ》のようだ。

『あなたにどんな〝バグ〟があろうと、かならず私が助けます』

「……あ……あぁ……あぁあああ……!!」

誓いなんて、何の役にも立たなかった。

生存フラグは無言で天を仰《あお》ぎ、恋愛フラグはしゃくりあげる失恋フラグの肩を抱く。

フラグちゃんは、くずれおちて激しく慟哭《どうこく》した。

# 四話　No.1は何を提案するのか？

——身体《からだ》が揺れている。

フラグちゃんは、ぼんやりと目をあけた。どうやらショックで気絶していたらしい。生存フラグに背負われ、宮殿の廊下を進んでいるようだ。

傍《かたわ》らでは失恋フラグが、恋愛フラグに肩を貸されて歩いている。オッドアイの焦点は合っておらず、ツインテールは乱れるがままだ。

四人は重い沈黙のまま、謁見《えっけん》の間に入った。

「やっぱり……ダメだったみたいだね……」

敗残兵《はいざんへい》のようなフラグちゃんたちを、神様は玉座から降りて迎える。

「バグの進行により『モブ男《お》』は動作不良を起こし、完全に崩壊してしまった」

フラグちゃんを、生存フラグがそっと降ろしてくれた。

恋愛フラグも失恋フラグを座らせ、乱れた髪を整えてやりながら、

「ねえ、神様」

ものだけど」

「モブ男《お》くんは、神様が作ったプログラムでしょ？　だったら復元する事も、できそうな

「なんだい」

神様は首を横に振り、空中にディスプレイを表示させた。

「無理だ。『モブ男』のソースコードは、おびただしい数のエラーに浸食され、消失して

しまった」

「じゃあ、やっぱり」

「うん。どうすることもできないんだ……僕にはね」

——僕には。

フラグちゃんと失恋フラグが、勢いよく顔をあげた。

「ど、どういう意味ですか？」

「以前も言ったよね？　仮想世界のシステムには、もう一人設計者がいると」

「死神№1さん……！」

モブ男が『死亡フラグクラッシャー』になった際。

そのときの解決策を示してくれたのが、死神№1。ITスキルなら神様すら上まわると

いう、傑物《けつぶつ》だ。

「№1なら解決法を見つけてくれるかもしれない。そう思って、既に連絡してあるよ」

入口の大扉が開き――

黒い甲冑《かつちゅう》姿の死神が現れた。漆黒《しつこく》のコートをなびかせ、こちらへ歩いてくる。

二メートル三十センチほどもある巨躯《きょく》を、フラグちゃんたちは畏怖《いふ》と期待をこめて見上げる。

（何度お会いしても、すごい迫力です）

一方、神様は渋い顔をして、

（№1、素《す》の姿で生活すればいいのに。可愛《かわい》いし、親しみを持って貰《もら》えると思うんだけどねえ。竹馬で移動するのも、大変だろうし……）

だがそれは、いま考えるべきことではない。

神様は両手を広げて№1を迎えた。

「やあ、よく来てくれたね」

「神様のためなら、どこへでも駆けつけます。状況は先ほどのお電話でお伺《うかが》いしましたから、すぐに対策に取りかかります」

「ありがとう。君は本当に頼もしいね」

髑髏《どくろ》の仮面の下で、可憐《かれん》な顔をとろけさせる№1。

そこへフラグちゃん、失恋フラグが駆けてきた。揃《そろ》って頭を下げる。

「どうぞ、よろしくお願いします！」「モブくんを助けて！」

「最善を尽くします」

——あなたを、更なる奈落《ならく》に突き落とすためにね。

No.1は、そう心の中で続けた。


No.1は空中にディスプレイを浮かべ、作業をはじめた。

そして一分も経《た》たないうちに、

「大体わかりました。原因と解決法について、説明させていただきます」

「恐ろしい速さだね!?」

犯人はNo.1なのだから、当然だ。

神様は満面の笑みで、

「やはり君に頼んだのは、大正解だった」

(あぁ……!)

No.1は歓喜のあまり、竹馬のバランスを崩しかける。マッチポンプであろうと、神様にお褒めいただくのは、全てに勝る快楽だ。

声が弾むのを抑えながら、説明をはじめる。

「まず『原因』についてです。このトレーニングシステム『仮想世界』……何者かにハッキングされていますね」

神様は顎髭《あごひげ》を撫《な》でながら、

「やはり、そうだったのか。犯人は一体何者だろう？　僕を上まわるIT技術を持つと思うが」

「さぁ。見当《けんとう》もつきません」

№1は、しれっと誤魔化《ごまか》しつつ、

「この仮想世界が完成した時には既にもう……人為的にバグが注入されていたようです」

「だから、最初から『モブ男《お》』には異常が起きていたんだね」

神様が考え込む中。

「――そ、それで！」

フラグちゃんが、会話に割って入ってくる。一刻も早く肝心なことを聞きたい様子だ。

「『解決法』と仰《おつしや》いましたが……モブ男さんを元通りにすることはできるんですか？」

№1を見上げてきて、

「……」

「そのためなら、私、なんでもします！」

その言葉に。

№1の口元が、三日月のように歪《ゆが》む。

「一つだけ、あります」

「ほ、本当ですかっ⁉」

「ただし、簡単な話ではありません。重篤《じゅうとく》なエラーを起こした『モブ男《お》』というプログラムは……」

№1は、空中にモブ男の立体映像を映し出した。それを神様と少女四人が仰ぎ見る。

「粉々に砕け散りました」

立体映像を、バラバラにする。フラグちゃんは目をそらしかけたが、歯を食いしばってこらえている。

「ただ、モブ男は無に帰《き》したという訳ではない。今は『ソースコードの断片《だんぺん》』になっています」

「断片……」

№1はうなずき、

「それらを全て集めれば、蘇《よみがえ》らせることも可能」

「「「「！」」」」

少女四人の瞳に、生気がよみがえった。

フラグちゃんが№1の甲冑《かっちゅう》にすがりついて、

「そ、それは、どこにあるんですかっ!?」

「仮想世界の深層の、『プログラムの墓場』です。パソコンで言うと『ゴミ箱』のようなもの」

「そんな場所があるなんて……」

「ですが、『ゴミ箱』というくらいですから、いずれ完全に削除《デリート》されてしまいます。一刻も早く、『ソースコードの断片』を集めなければなりません」

「分かりました！　今すぐそこへ――」


「駄目だ!!」

会話を遮《さえぎ》ったのは神様だ。彼がこれほど声を荒げるのを、見たことがない。

生存フラグが、少し怯《おび》えたように、

「ど、どうした、うすのろ」

「『プログラムの墓場』はとても危険なんだよ。そこは、天界と理《ことわり》が違う。普段は無敵である君たち――天使や死神も、傷ついてしまう」

「つまり……」

「死ぬ可能性が、あるんだ」

重い沈黙が落ちた。

神様は皆を見まわし、身振り手振りを交えて必死に、

「僕だって、モブ男《お》をずっと見てきた。愛着はあるし、見捨てるのは辛《つら》い。だが思いとどまってくれ。君たちまで失うようなことになったら……」

娘の無謀さを止めるのも、父の役割であろう。

なのに。

「……私は行きます」

フラグちゃんは決然と告げた。

その細い両肩を、神様はつかんで、

「ど、どうして。死ぬかもしれないのに」

「それは、モブ男さんも同じでした」

「?」

フラグちゃんは胸に手を当て、思い出をたどるように、

「彼は今まで何度も、私を命がけで助けてくれようとしました」

モブ男は少し前まで、自分を人間だと思っていた。

つまり『死んだら終わり』と認識していたにもかかわらず、フラグちゃんを身を挺《てい》してかばっていたのだ。

「今度は私が、それに応えなくては」

（そうだ……№269は、こういう子だった）

だからこそ神様は『今までにない死神になれる』可能性を感じているのかもしれない。

生存フラグが、拳をボキボキ鳴らす。

「わしも行くぞ。モブ男のくせに、皆にここまで心配させおって。復活させて、ぶん殴ってやらねば気が済まぬ」

「ホント、せーちゃんは素直じゃないなあ」

恋愛フラグは肩をすくめて、

「もちろんボクも行くよ。このままオモチャが壊れたままなんてヤダし」

「アタシも行く——困難であるからこそ、愛は燃え上がるのよ！」

失恋フラグが闘志を燃やし、拳を握る。もう完全に行く流れだ。

（止めることは、できないのか）

無力感で立ちつくす神様。

その傍《かたわ》らで、№1は冷笑《れいしょう》を浮かべる。

（四人とも面白いように、私の思い通りに動きます）

最強の死神である彼女は、破滅のさせ方を誰よりも熟知している。

ドン底にいる者に希望を示してやれば、どんなに危険であろうと突撃する。まるで火に飛び込む羽虫《はむし》だ。

（この子たちも、死亡フラグを回収してきた人間と何《なん》ら変わりません）

暗い愉悦に浸る№1に、恋愛フラグが紅《あか》い瞳を向けて、

「で、モブ男《お》くんは今、いくつの『ソースコードの断片《だんぺん》』に分かれてるの？　それ知っておかないと、どれくらい集めればいいかわからないし」

「四つ、ですね。それを回収する際の方法ですが……」

№1は空中の、バラバラになったモブ男の立体映像を見上げた。

それを調整し『四人のモブ男』にする。

「仮想世界の深層には、四人になったモブ男がいます。それぞれが立てる『死亡』『生存』『恋愛』『失恋』のフラグを回収すれば、『ソースコードの断片』も回収できます」

驚きに目を見ひらく神様。

「ど、どうしてモブ男は、そのような状態に？」

むろん№1がそう調整したからだ。

だが、適当に言い訳をしておく。

「モブ男が健在だったときに、よく接していた四人のフラグの名残《なごり》かもしれませんね。深層に向かうのは、ちょうど四人。ひとり一フラグずつ回収してきてください」

神様は納得いかないように首をひねったが、別の質問に移る。

「でもどうやって、仮想世界の深層へ？　今は仮想世界そのものにバグが起きているため、リンクを作るのは相当に難しいはずだが……」

No.1がキーボードをたたくと、扉が現れた。

「どうぞ。『仮想世界の深層』に繋《つな》がる扉《リンク》です」

「も、もう作ったのかい⁉」

神様の賞賛は、何度味わっても至福だ。前から扉を用意しておいてよかった。

「ただ、長くは持ちません。早く入って下さい。あなたたちが帰還するころ、改めて扉を作ります」

No.1に、フラグちゃんは深々と頭を下げてくる。黒幕とも知らずに、精一杯の感謝を伝えてくる。

「本当にありがとうございました。No.1さん」

「期待していますよ」

期待――それはフラグちゃんの、惨めな最後だ。

No.1の底なしの憎悪に気付くはずもなく、フラグちゃんは神様にも頭を下げた。

「では、行ってきます」

そして三人の少女と共に、扉へ入っていく。

（ああ……！）

神様は伸ばした手を、力なく下げる。

№１に頼るしかない、フラグちゃん達《たち》の無事を祈るしかない……なんと無力なことだろうか。

（ほんとうに僕は、うすのろだ……！）

拳で柱を、強くたたいた。

# 五話　深層と天界で何を思うのか？

「ここが、仮想世界の深層……プログラムの墓場……」

フラグちゃんたちは、呆然《ぼうぜん》と周囲を見回した。

空気はホコリっぽくて、周囲には不燃物や瓦礫《がれき》が高々と積み上がっている。まるで廃棄物処理場のようだ。

天界へと通じる扉《リンク》が消えていく。帰還するころ、No.1が改めて作ってくれるらしいが。

「なんだか、凄《すご》く暑いわ……」

失恋フラグが、ブラウスの襟《えり》をバタバタさせて、風を入れる。

襟元からのぞく胸には、サラシがきつく巻かれていた。胸の大きさは、彼女にとってコンプレックスなのだ。

「暑いはずじゃ。あれを見ろ」

生存フラグが指さす先では、マグマのような、ドロドロした液体が煮えたぎっている。

そこへクレーンが近づいていき——

ダンプカーほどもある、巨大な鉄クズを投げ込んだ。

「……!!」

巻き起こった熱風が、少女四人の肌を刺す。吸い込んだ空気で、喉《のど》や肺がヒリヒリする。

痛み——フラグちゃんたちが、初めて経験するものだ。

**『君たちも消滅——死ぬ可能性があるんだ』**

神様の言葉が、実感をともなってわかる。

(モブ男《お》さんの『ソースコードの断片《だんぺん》』も、あんな風に溶かされてしまうかも……!)

フラグちゃんは焦《あせ》りを覚え、

「早く『ソースコードの断片』を見つけないと。四人に分かれてるらしいですけど、どこに……」

「あっ。あれ、怪しくない?」

恋愛フラグが見つけたのは、等間隔《とうかんかく》に並んだ四つの扉だ。

近づいてみる。それぞれに『死亡』『生存』『恋愛』『失恋』と書かれている。

生存フラグは額の汗をぬぐいながら、

「これらの扉の先にモブ男がいて、書かれているそれぞれのフラグを立てる。回収すれば

『ソースコードの断片』を得られるというわけか」

「そういう事だろうね～」

恋愛フラグがうなずき、紅《あか》い瞳で皆を見回す。

「じゃあここで、いったん別れるしかないか。それぞれの役割《ロール》の扉に入って、フラグを回収しよう」

「ええ……待っててねモブくん。あなたの運命の女が助けにいくわ！」

気合い十分の失恋フラグ。

恋愛フラグが両手をポンと合わせて、

「じゃあ景気づけに、円陣組もっか」

「はぁ？」

「いいからいいから」

難色を示す生存フラグをなだめつつ、四人で肩を組み合い、円陣を組む。

恋愛フラグは、頬《ほお》ずりしてくる失恋フラグから距離をとりながら、

「みんな、絶対また無事で会おうね！　ファイト、オー！」

「オー！」「お～……ぅ」「オー！」

生存フラグだけが、恥ずかしそうに応じる。

そして。

失恋フラグが『失恋』。

生存フラグが『生存』。

恋愛フラグが『恋愛』。

フラグちゃんは『死亡』の扉に入っていった。

——全てがNo.1の筋書き通りとは、夢にも思わず。

⚑天界

天界。謁見《えっけん》の間。

神様は、落ちつきなく歩きまわっている。扉《リンク》は閉じられてしまったため、仮想世界の深層の様子を確認することはできない。

額に掌《てのひら》を当てて、

「あぁ、四人は大丈夫だろうか」

「……」

No.1は、髑髏《どくろ》の仮面の下で眉をひそめた。愛《いと》しい人が、自分以外に心をわずらわせるのは愉快ではない。

それに、No.269たちの監視も必要だ。適当な口実をつけて、退出する。

「神様、私は自室のパソコンを使い、もう一度仮想世界のプログラムをチェックしてみます。使い慣れた機材を使えば、No.２６９たちを手助けできる方法も見つかるかも」

「な、なるほど！　よろしく頼むよ、No.１」

「ご用があれば、いつでもご連絡を」

No.１は恭《うやうや》しく頭を下げて、謁見の間を後にした。

広い廊下を進む。すれ違う天使も死神も、気圧《けお》されて脇に寄った。No.１が積み上げてきたイメージ戦略の賜物《たまもの》である。

死神寮の自室へ入り、後ろ手に鍵をかける。このドアにはセンサーが取り付けられており、誰かが訪れればスマホに通知が来るようになっている。全ての黒幕である以上、セキュリティは厳重にしておかねばならない。

（さて）

デスクに座ってパソコンを立ち上げた。

複数のディスプレイに、フラグちゃんたちが映る。それぞれが四つの扉に入っていく
――いずれも、No.１が今日のために作った、仮想世界に続いている。

No.１はフラグちゃんを一瞥《いちべつ》し、酷薄《こくはく》な笑みを浮かべる。

（次は、友人たちを失う絶望を味わうがいいです）

──一方、謁見《えっけん》の間。

神様はもう一度、空中にディスプレイを表示させた。

(何かあの子たちのために、できることはないか……せめて見守ることだけでも……)

仮想世界の深層への、接触を試みる。

知識と技術の限りを尽くしてはみたものの、

「くそっ！」

神様は珍しく毒づいた。仮想世界のバグのせいか、やはり無理だ。

あっさりと扉《リンク》を作った、No.1の優秀さを改めて痛感……

(……………待てよ)

あれはあまりにも、早すぎはしなかったか？

神様は、No.1とともに『仮想世界』を作るという大仕事をした。だから彼女の力がどれほどか、わかっているつもりだ。

(いくらNo.1でも、仮想世界の深層への扉を、一瞬で作ることは不可能だと思う……)

ならば。

(あらかじめ、深層への扉を作っていた？)

だとすると、おかしい。

№1は、ここ謁見の間で調査するまで、『モブ男《お》のソースコードの断片《だんぺん》が深層にある』とは知らなかったはずだ。

この矛盾《むじゅん》を、どうしたら説明できるだろう――

（いや、待て！）

柱に頭を打ち付けた。

（何を考えているんだ。大切な娘を疑うなんて……！　№1の方が役に立っているから、僕は嫉妬しているんだ！）

自分を戒《いまし》めつつも。

心にこびりついた疑念は、取れなかった。

# 六話　失恋フラグを回収することはできるのか？

身体《からだ》を、誰かが揺らしている。

「起きて、起きて」

失恋フラグは、ぼんやりとオッドアイを開く。

恋愛フラグが紅《あか》い瞳で見下ろしてくる。見たことがないほど、ニッコリ微笑《ほほえ》んで、

「あぁよかった！　しーちゃんが起きた」

「え、『しーちゃん』って、死亡フラグへの呼び方じゃ……」

失恋フラグは首をかしげ、ツインテールを揺らす。

「前に『アタシのことも、しーちゃんって呼んで』ってお願いしたら『死亡フラグと被《かぶ》るから』って断ったじゃない」

「なに言ってんの？　アンタは大切な姉妹。誰よりも優先するに決まってるじゃん」

「れ、れんれん～♥」

恋愛フラグの胸に突進。

いつものように避《よ》けられるか、と覚悟したが――

（え!?）

しっかりと受け止めてくれる。おまけに頭を撫《な》でてくれた。

（し、幸せ〜！）

だが、かすかな違和感がある。頭の奥に霧がかかったような。大切なことを忘れているような……

「しーちゃん、どうしたの？」

恋愛フラグが見つめてくる。いつもならありえない至近距離だ。

周囲を見まわす。どうやらここは、人間界の住宅街のようだが。

（なんでアタシ、こんな所にいるんだっけ？）

そのとき、背後からパカパカという音が近づいてきた。

なにかしら、と振り返って……息をのむ。

「おお、愛《いと》しの失恋フラグちゃん！」

なんとモブ男が、白馬にまたがって颯爽《さっそう》と現れたではないか。チュニックやマントなど、王子っぽい恰好《かっこう》をしている。

（なんて素敵なの!!）

失恋フラグは心を撃ち抜かれ、表情をだらしなく蕩《とろ》けさせる。

モブ男《お》は白馬から降り、満面の笑みで近づいてきた。品のいい香水の香りがただよう。

「今日も君は美しい」

失恋フラグの手を取り――キスされた。

「!!」

歓喜のあまり、へなへなと崩れ落ちたとき。

モブ男のチュニックの金ボタンが、一つ取れかけているのに気付く。

「直してあげる……ちょ、ちょっと待って」

失恋フラグは後ろを向き、ブラウスのファスナーをあけた。

豊かな胸の谷間から、ソーイングセットを出す。ここには約一メートルもある巨大ハサミ――『悪い縁《えん》』を切ることができる――など、様々な道具をしまっているのだ。

チュニックのボタンを縫い付け、糸を歯で噛《か》み切《き》る。

(モブくんと結ばれる時のため、花嫁修業をしてきた甲斐《かい》があったわ)

「立ったよ～」

その声に、失恋フラグは呆然《ぼうぜん》とした。恋愛フラグは溢《あふ》れんばかりの笑みで、

「努力が報われるのは恋愛フラグ！」

「ア、アタシの恋愛フラグを立ててくれるの？　ふだん塩対応で、滅多《めった》に立ててくれないのに……」

「キミは世界で一番大事。立てるに決まってるじゃん♥」

「ぴ、ぴえぇぇ〰〰〰ん!!」

嬉《うれ》しさで胸がいっぱいになり、ギャン泣きする失恋フラグ。

その涙を。

モブ男が親指でぬぐってくれた。

「泣かないで、俺の子猫ちゃん――今夜は、君の手料理が食べたいな」

「立ったよ〜。手料理を食べさせるのは恋愛フラグだよ〜」

大親友が恋愛フラグを立ててくれて、モブ男と結ばれる。

失恋フラグは叫んだ。

「し、幸せぇ!!　こんな日が、ずっと続けばいいのに！」

⚑№1

――一方、天界。№1の部屋。

多数のディスプレイの一つには、失恋フラグが映っていた。

愛する者二人に挟まれ、ゆるみきった顔をしている。計画通り完全に骨抜きになっているようだ。

「ふふふ」

いま失恋フラグがいるのは、№1が用意した仮想世界。

『ソースコードの断片《だんぺん》』を取るという目的を忘れているのは、天界アイテムによるものだ。

髑髏《どくろ》の仮面の下で笑う。

(死神№51の弱点は、恋愛フラグへの思慕《しぼ》。そしてモブ男《お》への盲目《もうもく》的な愛)

ゆえに『失恋フラグに都合のいい世界』を用意した。

あの恋愛フラグは、もちろん偽物《にせもの》。

モブ男は『ソースコードの断片』を利用し、失恋フラグの好みになるように調整したもの。

だがもちろん、かりそめの物にすぎない。

場所はゴミ箱——『仮想世界の深層』には変わりないのだ。そのうち自動的に削除《デリート》される。

「そこで、甘い夢を見続けなさい。『ソースコードの断片』が処理されるまでね」

失恋フラグの、幸せな日々は続く。

本屋に行き、目当ての本を取ろうとするとモブ男と手が重なる。

そこへ恋愛フラグが現れて、

「立ったよ～」

モブ男と冬山に行けば遭難する。

「冬山で温め合うのは、恋愛フラグ！」

道端で不良たちに絡まれたら、モブ男が助けにきてくれた。もちろん恋愛フラグも現れて、

「ピンチから女の子を救うのは、鉄板の恋愛フラグ！」

そしてモブ男は、不良達《たち》を鮮やかにブチのめしていく。

「俺の大切な人に触れるな」

まさに、少女漫画に出てくるような理想の男性。思わず見とれて――

（……あれっ？）

ふと、違和感を覚えた。

モブ男は確かに、女性を守ることもある。でも、こんな感じだっただろうか？

（モブ美《み》ちゃんが公園で、チンピラに絡まれたとき……）

モブ男《お》は『感覚共有マシーン』でチンピラと五感を共有させた。

そして生存フラグの胸を揉《も》みにいき——顔面を殴られ、ぶっ倒れながらも、こんな懇願《こんがん》までした。


『罵倒じゃなく、殴るか蹴るかして！　お願いだからぁ！』


結果チンピラもろともダメージを受け、モブ美《み》を救い出せたのだ。

（そうよ。モブくんは……もっと泥臭かった）

どの仮想世界でも、そうだった。

とにかくモブ男はフラれまくっていた。高校生として生きる世界線でも、ニートとして生活する世界線でも。


『モブ男君って……超高校級の気持ち悪さだよね』『ぐはっ』

『この甲斐性《かいしょう》なし！　あんたなんて願い下げよ！』『モブ美ー！』


だが。

何度失恋しても立ち上がり、彼女を作ろうと悪戦《あくせん》苦闘《くとう》していた。

そんな諦めない姿に、惚《ほ》れたのではなかったか。

「あ……」

芋《いも》づる式に、大切な記憶が蘇《よみがえ》ってくる。

（そうだ……！　モブくんの『ソースコードの断片《だんぺん》』を手に入れるために、アタシは扉をくぐったんだ！）

何故《なぜ》か、その目的を忘れていたらしい。

「どうしたんだい、失恋フラグちゃん？　ぼーっとして」

モブ男が屈《かが》んで、のぞきこんでくる。

胸の高鳴りを我慢しながら、『ソースコードの断片』の回収方法を思い出す。

死神№１はこう言っていた。

**『仮想世界の深層には、四人になったモブ男がいます。それぞれが立てる〝死亡〟〝生存〟〝恋愛〟〝失恋〟のフラグを回収すれば、ソースコードの断片も回収できます』**

（つまり、このモブくんの失恋フラグを回収すればいいってことね。よーし）

気合いを入れる失恋フラグだが。

『このモブ男』が愛する者など、一人しかいない。

「さぁ、デートにでかけよう。愛《いと》しい失恋フラグちゃん」

（――アタシだ）

自分自身との間に失恋フラグを立て、回収しなければならないのだ。

なんて残酷な試練だろうか。失恋フラグは目眩《めまい》をおぼえた。

天界

「……気付きましたか」

髑髏《どくろ》の仮面の下で、№1は舌打ちする。

「でも、失恋フラグは回収させませんよ」

結局、己の弱点から――モブ男《お》への盲目《もうもく》的な愛からは、逃《のが》れられはしない。

「もっともっと甘い世界にしてあげます。溺れるがいい」

小さな両手で、高速でキーボードをたたく。


とつぜん失恋フラグの両肩を、モブ男が掴《つか》んできた。痛いほどの力だ。

「えっ？」

顔を近づけてくる。

（こここれって、モブくんとのキス……！）

反射的に背伸びし、キス待ちをしてしまう。

だが――駄目だ。失恋フラグを回収しなければならないのだ。彼を元に戻すために！

断腸《だんちょう》の思いでモブ男の顔をつかみ、離れる。

そしてブラウスの中に手をつっこみ――胸にきつく巻いていたサラシを外した。

「？」

モブ男と恋愛フラグが、揃《そろ》って首をかしげている。

胸がボンっとふくらみ……ブラウスの胸元がはちきれそうになった。ボタンが二つ弾《はじ》け飛《と》んでいく。

耳まで赤くなり、叫ぶ。

「アタシみたいな『お色気枠《いろけわく》』は――ま、負けヒロイン枠。つまり失恋フラグよ！　モブくんと結ばれるのは、ふさわしくないわ！」

言葉の刃《やいば》が、自分の心に突き刺さる。

それを見抜いたかのように、モブ男と恋愛フラグが、

「でも失恋フラグちゃんは、ふだん胸を隠しているよね？」

「立ったよ～。ギャップ萌《も》えは恋愛フラグ！　モブ男《お》くんと結ばれるのは、キミしかいないよ！」

喜びを覚えてしまうのが悔しい。

だがそれでも、自分がモブ男と結ばれない理由を探し続ける。

「アタシみたいな青髪、勝ちヒロインは少ないわ……やっぱり最後に勝つのは黒髪。た、例えば……」

瞳の奥が、じわっと熱くなる。

「な、№２６９みたいな……っ」

「髪の色なんて、多様化の現代ではナンセンスだよ。君は君だから、俺は好きなんだ」

「立ったよ～～～。ありのままを認めてくれるのは恋愛フラグ！」

うるさい。うるさい。

首を横に振り、うずくまる。

「ア、アタシみたいに、ヒロイン勢で最後に現れた子は、負けヒロインになるのが確定してるわ……」

「前例がなんだっていうんだい？　俺と君が最初のカップルになればいい」

「立ったよ～。慣習に立ち向かうのは恋愛フラグだよ～」

（……も、もうやめて）

偽物《にせもの》のくせに、どうして……自分が欲しい言葉を、的確にくれるのだろう。

「と、とにかく、アタシが好きなのは『本当の』モブくんなの」

オッドアイに涙をためて『モブ男《お》』を睨《にら》みつける。

なんて爽やかな笑顔だろう。思わず見とれてしまう。だが……

「あなたじゃないわ！　私の好きなモブくんは、駄目なところも沢山ある──でも、誰よりもかっこいいの！」

「もー、しーちゃんったら、しょうがないなぁ♥」

恋愛フラグが、手をかざした。

警戒を強める。あれは天界アイテムを出す動きだ。いったい何を使うつもりだろう？

（！）

現れたのは『分身パペット君』だ。頭頂部《とうちょうぶ》のスイッチを押せば、意志を持つ分身を作り出せる。

だが、その数が尋常《じんじょう》ではない。恋愛フラグの掌《てのひら》から溢《あふ》れ落ち、山となって積み重なるほどだ。

（まさか……っ⁉）

顔面蒼白《そうはく》になる失恋フラグ。

モブ男が『分身パペット君』の頭を、次々と押していく。すると……

百人ほどのモブ男が、現れた。

「あ、ああ……っ」

後ずさる失恋フラグ。

百人のモブ男が取り囲み、豪雨のように甘い言葉を浴びせてくる。

「可愛《かわい》い」「大好き」「愛してる」「君こそ俺の女神だ」「君のために生きよう」……

麻薬じみた快楽の嵐に、失恋フラグは身震いした。

「はっっへぇぇぇ……っ!? や、やめ――」

「結婚しよう、永遠に一緒だよ」

「んっはぁ!?」

胸を撃ち抜かれる。

そこへ恋愛フラグの、無慈悲な言葉。

「モブ男くん、言葉だけじゃダメ。行動で『愛してる』って示そうよ♥」

「わかったよ、師匠」

そしてモブ男は。

失恋フラグの頭を撫《な》でたり、髪を梳《す》いたり、首筋にキスしてきたり。ありとあらゆるスキンシップで優しく責めてくる。

「……の、脳が溶けるぅ……バターになりゅぅううう!!」

失恋フラグは仰向《あおむ》けにブッ倒れた。身体《からだ》はビクビク痙攣《けいれん》し、ゆるみきった口元から涎《よだれ》が垂れている。

――その姿を見ていた№1は、勝利を確信したが。

失恋フラグは大きく口を開き……

八重歯《やえば》で、思いっきり唇を噛《か》んだ。

(いった!!)

痛みを感じるようになっているのが幸いした。少しだけ正気に戻る。

じたばた暴れてモブ男たちを振り払い、胸の谷間に手をつっこみ――

巨大なハサミを取り出す。『悪い縁《えん》』しか切ることができない、彼女専用アイテム。

無数のモブ男、そして恋愛フラグを見上げる。

「あんたたちと過ごした時間、悪くなかったけど」

シャキン! シャキン!

剣豪のごとく鮮やかに。

ハサミで『縁』を次々に切り裂いていく。すると……モブ男も、恋愛フラグも消えていった。

「どうやら、悪い縁だったみたいね」

そして。

目の前に、占い師が使う水晶玉ほどの光球《こうきゅう》が現れた。これが『ソースコードの断片《だんぺん》』だろう。

両手ですくうように持ち、頬《ほお》ずりした。

「モブくん、もうすぐ元に戻れるからね」

誘惑に屈せず、使命を果たした失恋フラグ。以前より、一皮むけたようにも見える。

「あ、さっきのニセモブくんの甘い声、録音しとけばよかったぁ……！」

そう本気で悔やむあたりが、彼女らしかったが。

⚑天界

「っ!?」

No.1は、驚愕《きょうがく》した。

計算外だ。失恋フラグは『モブ男への盲目的な愛《もうもく》』という弱点に屈しなかった。

だがまだ、四つの『ソースコードの断片《だんぺん》』のうち、一つを奪われたにすぎない。

「あなたの弱点は、そう簡単に克服できないはずです」

No.1が視線を移したディスプレイには、包帯姿の美女が映っている。

# 七話　生存フラグを回収することはできるのか？

廃棄物処理場のような、仮想世界の深層。

生存フラグが『生存』と書かれた扉をあけて、中に入ると……

全く別の世界に繋《つな》がっていた。

「な……なんじゃここは？」

うっそうとした、夜の森だ。目の前には西洋風の城がある。某《ぼう》テーマパークのシン○レラ城に似ているが、ひどく荒れ果てていた。

「むっ！」

城にそびえ立つ塔の、最上部。

その窓に、モブ男の姿《お》が見える。おそらく『四人になったモブ男』の一人。

あのモブ男の『生存フラグ』を回収すれば、『ソースコードの断片』を手に入れられるのだろう。

「よし、あそこまでひとっ飛びするか……ん？」

なぜか、飛ぶことができない。

翼を確認しようと振り向いた瞬間――

背筋が凍った。

一体の骸骨《がいこつ》が、カタカタカタ……と骨を鳴らして近づいてくるではないか。

「ひぃいいっ！」

悲鳴をあげる。生存フラグは、お化けの類《たぐ》いが大の苦手なのだ。

蹴りを繰り出そうとする。だがなぜか、身体《からだ》が思うように動かない。

己の長い脚を見て、ぞっとした。血のような赤い字で、

**封**

と書かれていた。

「なんじゃこれはっ⁉」

掌《てのひら》で拭《ぬぐ》っても取れない。赤い字は腕や翼にも……これのおかげで、武術や、飛行を封じられているらしい。

（ま、まずい！　とくに今は……！）

生存フラグの腕を、骸骨の拳がかすめる。

微《かす》かな痛み——そして一筋の血が流れた。ここでは天使も、人間と変わらずダメージを受けるのだ。

死ぬ。

たった一人、こんな不気味な場所で、化け物に殺される。

「きゃあああああ！」

泣き叫んで逃げる。足がもつれて無様に転ぶ。骸骨に足をつかまれる。半狂乱《はんきょうらん》で暴れて振り払う。

（た、助けて……！）

普段の凜《りん》とした姿など、もうどこにもない。

城の大扉に手をかけた。鍵はかかっていない。引く。

中に飛び込み、後ろ手に扉をしめる。全身は冷や汗でびっしょりで、巻いてある包帯が透けるほどだ。

「はぁ……はああっ……」

尻餅をついて、ひと息ついた瞬間。

廊下の奥から現れた無数のゾンビに、幼子《おさなご》のように泣き叫んだ。

死神寮の一室。

「ふふふ……あっはははは……！」

No.1は机をたたいて大笑《たいしょう》した。屋敷を逃げ回る生存フラグの、なんと惨めな事だろう！

「あなたの神様への態度、目に余ります」

先ほども『うすのろ』などと呼んでいたし。

その罪、命で償うがいい。

（No.11は自分を、強い天使だと思っているかもしれませんが）

No.1が観察したところ、生存フラグは四人の中で一番メンタルが弱い。孤独や幽霊を、非常に恐れる。

ツンツンした態度も、過剰なまでに肉体を鍛えるのも、弱い自分を守るため。……小さな身体《からだ》を甲冑《かっちゅう》で隠す、No.1に通じるものがあるかもしれない。

「だったら貴方《あなた》から武術をとったら、どうなるでしょうね？」

心霊を恐れる、気弱な少女が残るだけ。

現に生存フラグは城の一室にこもり、座って頭をかかえている。

（どれどれ）

キーボードを操り、その部屋に、猫を出現させた。

生存フラグは『あ、にゃあちゃん……』と、すがりつく。

部屋の外は死霊だらけだ。この部屋で猫と戯《たわむ》れていた方が、ずっと楽だろう。そうして時間を浪費しているうちに、モブ男《お》の『ソースコードの断片《だんぺん》』も削除《デリート》される。

（№11は、№２６９の大切な友人）

その不手際で『ソースコードの断片』を失ったと知ったら――№２６９はどんな顔をするだろうか？

（または、その猫を化け物に変えて、反応を見るのもいいですね）

暗い期待に№１が浸《ひた》ったとき。

『すまん、にゃあちゃん』

生存フラグは猫を優しく下ろし、立ち上がる。

『わしは行かねばならぬのだ』

⚑

生存フラグは、再び廊下に出た。

怯《おび》えた瞳を四方八方《しほうはっぽう》に向け、出来る限り気配を消して歩く。ライオンの檻《おり》に迷い込んだ小動物のようだ。

死霊が恐ろしい。頼みの武術も使えない。

（こ、こんな所で死にたくない……！）

だが。

耳から離れないのだ。

モブ男《お》が消滅したときの、フラグちゃんの慟哭《どうこく》が。

彼女が以前くれた言葉を、生存フラグはずっと大切にしている。


**『生存フラグさんって、すごく優しいのでは？』**

**『少し素直になれば、生存フラグさんの優しさは皆に伝わると思いますよ。そのためにも、これからも私と一緒に、仮想世界で修行しましょう』**


その言葉通り、何度も何度も共に仮想世界に行った。

（あの時、№２６９が手を引いてくれなければ）

恋愛フラグや失恋フラグとの出会いもなかった。自分はずっと、一人だったことだろう。

いい、久しぶりに出来た、かけがえのない友達《ともだち》。

彼女のために、いま踏ん張らねばならない。

（№２６９も、今、モブ男の『ソースコードの断片《だんぺん》』を回収するために踏ん張っているはず……ひいっ⁉）

ビクッ！　と身体《からだ》が大きく跳ねた。背中に何かが垂れてきたからだ。

おそるおそる、手で触ってみる。透明でベタベタした感触……

（こ、これは死亡フラグ『上から垂れてくる液体！』）

ホラー映画などでは、天井を見たら怪物と目が合い、殺されてしまうパターン。

今、上を見てはいけない！

生存フラグは震える声で、こう言った。

「あ、雨漏りかー？　この城ボロいから、仕方ないのうー」

再び歩き始める。死亡フラグを折れたはずだ。

（たとえ武術が使えなくとも、わしには天使としての経験がある）

危機が迫っても、死亡フラグを折っていけばいい。そしてこの城を登っていき、モブ男のもとへ辿《たど》り着《つ》く。

二階へ進む。だが三階への階段は鉄格子《てつごうし》で塞がれていて、鍵がかかっている。バ〇オハザードなどのゲームでは、建物のどこかに鍵が隠されているのが定番だ。

手近な部屋に、慎重に入ってみる。

「ここは……バスルームか？」

ボロボロの城には、場違いなほど立派で清潔だ。

先ほどの粘液が、気持ち悪くて仕方がない。洗い流してもいいかもしれない。

（……いや、待て！）

己の、たわわな胸を見下ろす。ホラーで巨乳女性がシャワーを浴びるのは、死亡フラグだ。

我慢して廊下に戻ると――

一体の骸骨《がいこつ》が現れた。恐怖で固まる生存フラグに、デジタルカメラのようなものを向けてくる。

（あれは『フクカエール』？）

好きな服に着替えられる、天界アイテムだ。

カシャ、と骸骨がシャッターを押す。すると生存フラグは、
ピチピチのタンクトップにショートパンツ、高いハイヒール姿になった。

（これは――『廃墟《はいきょ》で肝試しをする、アホな若者』スタイル！）

特大の死亡フラグだ。

扉が次々と開き、無数のゾンビが現れる。

「ひぃいいいっ!!」

履き慣れないハイヒールに、転びそうになりながら逃げまどう。

曲がり角までくると、服も靴も脱ぎ捨て──近くの窓のカーテンを引きちぎって、身体《からだ》に巻いた。

トーガをまとった、古代ローマ人のような姿になる。

するとゾンビ達《たち》が去って行く。『肝試しをするアホな若者』の恰好《かっこう》をやめたため、死亡フラグを折ることができたのだ。

「はぁ……っ」

懸命に呼吸を整えてから、歩き出す。

いくら惨《みじ》めでもいい。守るべきもののために最善を尽くさなくては。

**『罵倒じゃなく、殴るか蹴るかして！　お願いだからぁ！』**

実に不愉快だが、モブ男《お》のように。

⚑

（な、なぜ）

№1は、驚きを隠せなかった。

生存フラグは死霊達《たち》を恐れ、無様《ぶざま》に逃げ惑《まど》いながらも、モブ男《お》へ確実に近づいている。

（死神№51に続いて、こいつも私の想定を超えてくる。忌々《いまいま》しい……！）

どうやら死霊だけでは、生存フラグを追い詰めることはできないようだ。他に弱点はないものか？

すると、この会話が脳裏によぎった。


**『わしも行くぞ。モブ男のくせに、皆にここまで心配させおって。復活させて、ぶん殴ってやらねば気が済まぬ』**

**『ホント、せーちゃんは素直じゃないなあ』**


（もしかして、これも天使№11の弱点……ならば……）

キーボードを叩《たた》き、城にいるモブ男の調整をはじめる。

（性格を、思い切り卑屈にしてあげます）

生存フラグの『素直でない』台詞《せりふ》。

それを額面《がくめん》通りに受け取ったら、どうなるだろうか？

## ⚑真の課題

それからも生存フラグは、己に降りかかる死亡フラグを次々に折り続けた。

スマホに電話がかかってきても、無視する。

（ホラーにおける着信は、死亡フラグじゃ。出ると『私メリーさん。今、あなたの近くにいるの』などと言われ、殺される可能性がある）

天井に通気口があれば、避けて他の道を探す。

（通気口の下を通るのは死亡フラグ。中に潜んでいる怪物に引きずり込まれるかもしれん）

そして。

とうとう城の最上階の、モブ男のもとへ辿《たど》り着《つ》いた。

色々なものが、雑然と置いてある部屋……彼の生存フラグを回収すれば『ソースコードの断片《だんぺん》』が手に入るはずだ。

モブ男は、生気のない瞳でこちらを見てくる。

「生存フラグさん、来てくれたんだね」

（モブ男……！）

たとえ四つに分かれたモブ男であろうと、ふたたび間近で顔を見られたことにホッとする。

だがいつものように、口からは悪態《あくたい》が飛び出す。

「ふん、モブ男《お》のくせに手間をかけさせるな。どこまでもハタ迷惑なやつじゃ」

モブ男は意外な行動に出た。

手近にあったナイフをとり、己の首元に向けたのだ。

「!?」

慌ててその腕を掴《つか》み、止める。だが、普段の力が出せないため押し切られそうだ。

「くっ……おい、何をする！」

「俺なんて、いても迷惑なんでしょ？　なんで止めるの？」

生存フラグは言葉に詰まった。言い訳をさがす。

「ワシはどうでもいいが――」

死亡フラグたちが悲しむではないか、と続けようとしたとき。

「やっぱりどうでもいいんだね」

モブ男に腕を振りほどかれる。

そしてなんと――窓ガラスを体当たりで割り、そのまま外へ飛び出した。ここの高さは、十階建てのビルほどもあるというのに！

「くっ！」

生存フラグはダッシュし、窓から身を乗り出し、モブ男の腕を掴んだ。

「……ば、馬鹿かキサマは！」

「このままじゃ二人とも死んじゃう。放してよ。俺のことはもういいから」

（死亡フラグを立てるでない！）

歯を食いしばるが、身体《からだ》ごと持って行かれる。

しかもモブ男が、手を振りほどこうとしてくる。

（せ、せめて協力してくれなければ……！）

持ち上げることは不可能だ。説得しなくては。だが、どうやって。

危機的状況で蘇《よみがえ》るのは、友人の大切な言葉だ。

『**少し素直になれば、生存フラグさんの優しさは皆に伝わると思いますよ**』

（素直に――）

そうだ。

モブ男が消滅するときも、自分は素直になれず、優しい言葉をかけられなかった。失恋フラグの真《ま》っ直《す》ぐさが、まぶしかった。

もうあんな後悔はしたくない。

何のために仮想世界で特訓を重ねてきた？　優しくなるためではないか。

息を大きく吸い、叫ぶ。

「『キサマなどどうでもいい』と言ったのは照れ隠しじゃ！」

「え」

見上げてくるモブ男《お》。

その目をしっかりと見て、

「無論、男女の関係などではないが——わしも、モブ男のことを大切に思っておる！　だから死ぬな!!」

「……。……ありがとう、生存フラグさん」

そしてモブ男は。

生存フラグの手をしっかりと握る。塔の外壁《がいへき》に足をひっかけ、体勢を立て直した。

「ふぅ、もう安心だ」

「——馬鹿者！」

『もう安心だ』は死亡フラグ。

汗で、モブ男の手が滑り——

「あっ」

真っ逆さまに落下していく。

生存フラグが伸ばす手は、むなしく空《くう》を掴むだけだ。

この瞬間、№1は勝利を確信したであろう。『このモブ男《お》』の脳天は砕け、『ソースコードの断片《だんぺん》』を回収することはできなくなる。

だが生存フラグは、この状況でも諦めなかった。

「くっ……この高さから落ちたら……生きてはいまい」

高所から落ちた者の、生存フラグとなる台詞《せりふ》。

とつぜん強風が吹いて、モブ男は塔の側面にたたきつけられた。壁の出っ張《ぱ》りにTシャツがひっかかり、宙づりになる。

「よし、モブ男の生存フラグを回収できた。これで……！」

ソースコードの断片が手に入るはず。

モブ男は小さな光球《こうきゅう》に変化し、ふわふわと生存フラグのもとへ登ってくる。

（ひぃっ、人魂《ひとだま》⁉）

ビビって尻餅をつく。

だがいつまで経《た》っても、襲いかかってくることはない。もしやこれが『ソースコードの断片』だろうか。

（や、やった……やった！）

生存フラグは、珍しくガッツポーズした。

モブ男復活へ一歩近づいた。友人の力になれたのだ。

『**これからも私と一緒に、仮想世界で修行しましょう**』

いつまでも素直になれない自分だが――

仲間達《たち》と歩んできた日々のおかげで、少しは成長できたのかもしれない。

# 八話　恋愛フラグを回収することはできるのか？

「ぐっ」
死神№1は、拳で机をたたいた。
失恋フラグに続いて、生存フラグにも『ソースコードの断片《だんぺん》』を回収されてしまった。
「……まあいいです」
『ソースコードの断片』は四つ揃《そろ》わなければ、全く意味が無い。
落ちこぼれの死神№269がいる限り、それは絶対に不可能なはずだ。
別のディスプレイを見る。
『恋愛』と書かれた扉の先——そこは、人間界の街を模した仮想世界だ。
恋愛フラグが、周囲をキョロキョロ見ている。
『ここは一体……あ、モブ男《お》くんだ』
モブ男が、モテ美《み》に話しかけている。
むろん彼は『ソースコードの断片』をもとに、№1が作ったものだ。

『モテ美ちゃん、俺と付き合わない？』

『え、嫌です……。……わたし彼氏いるので』

『それは断るための口実だね？　キミの情報はできる限り集めたから、今日で百五十六日間、彼氏がいないとわかっているよ』

『怖《こわ》!!』

モブ男はモテ美にビンタされた。

恋愛フラグが苦笑する。

『なるほど、あのモブ男くんの恋愛フラグを回収すれば、〝ソースコードの断片〟をゲットできるってわけだね。よ〜し』

そう張り切ったとき。

№1はボイスチェンジャーを調整し、声色《こわいろ》や口調を変化させて、恋愛フラグに語りかけた。

「聞こえるか、天使№51」

『え、なに!?　キミ誰!?』

驚いた様子で、周囲を見回している。

No.1は続けた。

「モブ男《お》に『バグ』を仕込み、今回の騒動を引き起こした者だ」

『！』

天界一のトリックスターと言われる恋愛フラグも、流石《さすが》に絶句している。

一度深呼吸し、ひきつった笑顔で、

『どういうことかな？　こんな風に接触してくるなんて』

「取引をしたいのさ――モブ男は、お前にとってオモチャなんだよな？」

『まあ、そうだね』

「私のいうことを聞けば、モブ男なんかよりもっと楽しいオモチャをやろう」

『ホント!?』

恋愛フラグは子供のように、紅《あか》い瞳を輝かせる。

No.1は、仮面の下でほくそ笑む。

（あなたは何よりも『楽しむこと』を優先している）

その熱意は異常といえる。以前、天界アイテムでファンタジー風の異世界を作り、フラグちゃんたちをしばらく閉じこめたほど。

『楽しいオモチャって、どんなの？』

「それはもう、お前の希望に沿《そ》ったものを」

№1がその気になれば、再び仮想世界を作ることも出来る。

その管理者権限を恋愛フラグに与えてやれば、まさに最高のオモチャとなるはずだ。

『ふ〜ん。でもキミの提案に乗ると、しーちゃんたち……仲間や神様を裏切ることになるよね？』

「むしろそういう行為こそ、トリックスター冥利《みょうり》に尽きると思わないか？」

『確かにね♥』

恋愛フラグは、共犯者のように笑った。

（四人のうち、あなただけは生かしてあげましょう）

友人の裏切りは、№269に更なるダメージを与えるはずだ。

そう期待していると、恋愛フラグは明日《あした》の天気でも尋ねるように、

『キミ、死神№1でしょ？』

「!?」

完璧に不意を打たれ、息を呑《の》んでしまった。

その気配を読んだのか、恋愛フラグは笑う。黒幕である自分よりずっと、悪党じみた表情だ。

『カマをかけただけだけど、どうやら当たったみたいだね』

(……何故《なぜ》、気付かれたのでしょうか?)

うろたえていると、恋愛フラグが手をひらひら振って、

『だって、神様とキミが、こう言ったじゃん』

**『犯人は一体何者だろう? 僕をうわまわるIT技術を持つと思うが』**

**『この仮想世界が完成した時には既にもう……人為的《じんいてき》にバグが注入されていたようです』**

『神様。そして優秀なキミ。それをかいくぐってバグをしかけられる存在なんて、ボクの知る限り誰もいない。残った可能性は、制作者の二人』

「……」

『でも神様が、ボク達《たち》を傷つける行為をするはずがない。残るのは、キミだけだ。神様がキミを疑わないのは、娘ゆえに目が曇ってるんだろうね』

汗が頬《ほお》を伝う。仮面で拭《ぬぐ》えないのがもどかしい。

落ち着け。

別に、天使№51にバレても構わないのだ。葬《ほうむ》りさえすれば、神様にバレることはない。

口調を元に戻して、

「……貴方《あなた》は」

『うん？』

「『モブ男《お》より楽しいオモチャ』が欲しいとは思わないのですか」

『そりゃまあ、興味は凄《すご》くあるけど』

恋愛フラグは、珍しく照れくさそうに頬をかいて、

『キミが考えるより、ボクは大事に思ってるんだよね。モブ男くん達と過ごす、賑《にぎ》やかな日々をさ』

「あ、貴方らしくもない事を……！」

本当にイライラする。

何故どいつもこいつも、予想を超えた行動をするのか。

『ボクらしくもない？　ボクはいつでもブレないよ。キミの〝モブ男くんより楽しいオモチャをあげる〟って提案は、何一つメリットがないから断っただけ』

「は？」

『だって、モブ男くんって〝バグ〟によってたまたまあんな性格になったんでしょ？　彼を超えるオモチャなんて、狙って作れるものじゃないと思うよ』

恋愛フラグは、弄《もてあそ》ぶように笑って、

『好成績をあげることだけを考えてる、仕事人間のキミにはね』

「……！」

『もっと肩の力を抜いて、いろんな人とふれ合えば？』

頬《ほお》が熱くなった。

駄々《だだ》っ子《こ》のように拳をふりあげて、

「う……うるさいうるさい！　私には、神様さえいればいいんです！」

『ふーん。それがキミの原動力なのかぁ。この事件の動機は、神様が目をかける、しーちゃんへの嫉妬かな？』

「ぐ、ぐぎぎ……！」

『あ、ごめんね～。図星ついちゃった？』

言葉を交わすほどに、内面を暴かれていく。

恋愛フラグは、にたぁと笑い、

『そんな声も出せるんだ。いつもみたいに取り澄ましてるより、感情剥《む》き出しの方が可愛《かわい》いじゃん♥』

「――!!」

キーボードを乱暴に叩《たた》く。

仮想世界の、オブジェクト変更コマンドを入力。

恋愛フラグの周囲に、無数の『工事中のビル』が現れる。

その全てに設置されたクレーンには、鉄骨が吊《つ》り下《さ》げられていて……

『っ！』

恋愛フラグは危機を悟ったようだ。慌てて逃げ出す。

「遅いです！」

『クレーンに吊り下げられた鉄骨』は死亡フラグ。

雨のように、おびただしい数の鉄骨が落下していく。

『きゃっ！』

数本が恋愛フラグに直撃。

『仮想世界の深層』では、耐久力は人間と変わらない。ひとたまりもないはずだ。

なのに。


「ざ～んねん♥」

ビル群《ぐん》から離れた場所に、恋愛フラグが現れた。傷一つ無い。

No.1は呻《うめ》く。

「……『分身パペット君』ですか」

『そう。用心のため、ここへ続く扉に入ってすぐ、身代わりを作っていたんだよ～』

№1の背筋を、冷や汗が伝う。自分がずっと喋《しゃべ》っていたのは、人形だったとは。

天使№51……天界一のトリックスター。その呼び声は伊達《だて》ではなかったらしい。

恋愛フラグのもとへ、水晶玉ほどの光球《こうきゅう》が近づいていく。

(『ソースコードの断片《だんぺん》』……！　もうモブ男《お》の恋愛フラグを回収したのですか)

モブ男を見れば、モテ美《み》と腕を組んで歩いている。

恋愛フラグは楽しもうとしなければ、フラグ回収の腕も超一流なのだ。

№1は、懸命に呼吸を整えて、

「ふん、私の勝ちは揺るがない。私の勧誘に乗らなかったことを後悔するといいです」

『わー、こわーい』

恋愛フラグは、わざとらしく身体《からだ》をくねらせ、

『でもそういう捨《す》て台詞《ぜりふ》って、典型的な負けフラグだよね～？』

ディスプレイを大鎌で破壊する。

(まだ……まだ大丈夫……！)

死神№269が……あの落ちこぼれが『ソースコードの断片』を回収できるはずがないのだ。

なぜなら——

# 九話　死亡フラグを回収することはできるのか？

廃棄物処理場のような、仮想世界の深層。

フラグちゃんは仲間と円陣を組んだあと『死亡』の扉を通った。

そして驚いた。

「え？」

なんとここは、モブ男《お》のアパートの部屋ではないか。

ただ、ずいぶんと古びている。壁紙には所々《ところどころ》シミができ、フローリングは色あせていた。

「ここは一体……きゃっ⁉」

心臓が飛び出るほど驚いた。

甲冑《かっちゅう》姿の死神が現れたからだ。フラグちゃんは、髑髏《どくろ》の仮面を仰ぎ見て、

「No.1さん⁉　まさか助けに……」

「そんな訳がないでしょう」

言葉をピシリと遮《さえぎ》られる。仮面越しでも、強い憎悪が伝わってくる。宮殿での、穏やか

な物腰とは全く違う……

何故《なぜ》こんな感情を向けられるのか、とフラグちゃんが困惑していると、

「なぜなら、モブ男に『バグ』を仕込んだのも、彼を崩壊させたのも、私なのですから」

フラグちゃんは驚きを通り越して、呆然《ぼうぜん》としてしまった。

「ど、どうして……そんなことを……」

№1は答えず、にじり寄ってきた。大きな身体《からだ》をかがめ、髑髏の仮面をフラグちゃんの額に押しつけてくる。

「今から私と、死亡フラグ回収の勝負をしなさい」

「な、なぜですか？」

「わ、私が」

激しく足を踏みならす。

「私が貴方《あなた》より、ずっとずっと優れた死神である事を、証明してみせるんですからっ!!」

まるで駄々《だだ》っ子《こ》だ。普段の威厳《いげん》溢《あふ》れる姿からは想像もつかない。

それに、訳がわからない。

フラグちゃんは最底辺の落ちこぼれであり、№1は最も優秀な死神。周知の事実ではな

いか。

「そんな勝負に、意味はないのでは……」

「貴方《あなた》が勝利したら『ソースコードの断片《だんぺん》』を差しあげましょう」

「！」

「すでに他の三人は、『ソースコードの断片』を回収している」

（ということは、私が勝てば……！）

モブ男《お》を、復活させられるのだ。

ならば迷うことはない。№１を見上げて、

「……わかりました。勝負お受けします。でもいったい、どういう方法で？」

「これを使います」

№１が空中にタッチパネルを表示させ、操作する。

すぐそばに、八十歳ほどの老人が現れた。顔は皺《しわ》だらけで、背筋も曲がっている。着ている服は、酷くくたびれていた。

——いくら姿が変わろうと、フラグちゃんにはわかる。

「モブ男さん⁉」

「そう。私が『ソースコードの断片』から作った、老人になったモブ男です。老人は、日常に死亡フラグが溢《あふ》れる存在。回収勝負にふさわしいといえるでしょう」

続いて、こう補足する。

「このモブ男は、死亡フラグで死んでもすぐに復活するよう設定しました。そのため何度も回収が可能です」

そして。

モブ男の復活――それに№1のプライドを賭けた、死亡フラグ回収対決がはじまった。

🏴

先攻は死神№1。

夏真《ま》っ盛《さか》りで、外ではセミが鳴いている。アパート内は大変な暑さだ。

老いたモブ男は粗末な昼食をとったあと、

「うとうとしてきたし、昼寝でもするか。クーラーでもつけて……」

その耳元で、№1がささやく。

「立ちました。クーラーをつけて昼寝をすると、電気代が大変なことになりますよ」

「それもそうじゃ。浮いたお金でエロ本を買うんじゃ」

そしてモブ男は、熱中症で死んだ。

老人は発汗機能が衰えているため、身体《からだ》をうまく冷やすことができないのだ。

「は、早い……！」

フラグちゃんは驚愕《きょうがく》する。自分の回収とは桁違《けたちが》いのスピードだ。

モブ男は、なにごともなかったかのように復活し、再び生活をはじめる。

郵便受けに入《お》っていた封筒を見て、

「『市からの健康診断のお知らせ』か。めんどくさいのう」

「立ちました。あなたはまだまだ元気。診断なんて受けなくとも大丈夫ですよ」

「そのとおりじゃ」

彼は診断をサボった。その結果ガンを見逃し、病状が進行して死んだ。

また復活したモブ男。寒い冬の日、身震《みぶる》いしながら、

「今日は冷えるのう」

「立ちました。こういう日は、あつあつの風呂にはいって温まりましょう」

「いいのう。風呂上がりのビールが楽しみじゃ」

入浴中に死んだ。冷たい外気とお湯の温度差で、血圧が激しく変動し、脳卒中を起こしたのだ。

それからも。

№1は、モブ男の死亡フラグを鮮やかに回収していく。段差で転倒して頭を打つ、古い家電を使い続けて火事になる、孤独を紛らわすためアルコール中毒になる……

その数、実に百。

極限まで無駄を省《はぶ》いた見事な手際。『最強の死神』の呼び声は伊達《だて》ではない。

「さ、さすが№1さん……！」

フラグちゃんは圧倒された。こんな死神に、自分がどうやって勝てばいいのだ？

その姿を見て、№1は優越感に浸る。

（ふふふ……）

やはり自分は№269よりずっと優れている。こんな落ちこぼれを買いかぶる、神様の目が曇っておられるのだ。

「次はあなたの番です」

「は、はい！」

フラグちゃんは大鎌を握りしめ、意気込む。

（ぜったいに、勝たなきゃ）

三人の仲間は『ソースコードの断片《だんぺん》』を回収してくれた。モブ男の復活は、フラグちゃんにかかっている。

（そのためには冷酷になって、効率的に死亡フラグの回収を……）

そのとき。

ある言葉を思い出した。

⚑

（……）

No.１は腕組みし、フラグちゃんの回収の様子を見つめる。

モブ男《お》は正月を迎えた。

天涯孤独《てんがいこどく》なので、誰かと新年を祝うこともない。狭い部屋に、虚《むな》しくテレビの音が響いている。

台所の棚から、焼き網を取り出して、

「正月だし、モチを食おうかのう」

「立ちました！」

フラグちゃんは『死亡』の小旗を立てた。

No.１は考える。

（ふむ、老人の鉄板の死亡フラグ『モチを喉につまらせて死ぬ』。これほど簡単なら、落ちこぼれの死神No.２６９でも回収できるでしょう）

だが。

フラグちゃんは、モブ男にキッチンバサミを渡して、

「おモチは細かく刻んで、お湯で柔らかくして食べましょうね」

「おお、ありがとうフラグちゃん」

№1は、口をぽかんとあけた。

続いて笑いがこみあげてくる。

（……ふ、ふふふふ……！　まさか、これほど無能だとは！）

早くも勝負は見えた。

案の定、次の日もフラグちゃんは、テレビを見てゴロゴロするモブ男とこんな会話をした。

「立ちました！　運動不足は死亡フラグです！」

「そうか。では公園でも行くかのう」

「足腰が弱っていると、転倒の恐れがあるから危ないですよ。さあ、私の手をとって」

そしてフラグちゃんは、モブ男と散歩をした。

その姿は、仲睦《むつ》まじい孫と祖父のようでもあった。シャツの胸元に『死亡』と書いてあるのは、ものすごい不謹慎に見えなくもないが。

別の日。

アパートに、巨乳の女性がおとずれた。

怪しげな健康器具とパンフレットを、モブ男に見せて、

「おじいちゃん、これ買ってくれない？　ほら『健康になりました！』っていう購入者の声が、こんなにいっぱい」

「でへへ、なるほどのぅ」

脳卒中を起こしそうなほど、巨乳に興奮するモブ男《お》。

フラグちゃんが『死亡』の小旗を掲げる。

「立ちました！　怪しい訪問販売は死亡フラグ。一度カモとみなされると、どんどん高額な商品を持ってこられ……」

販売員は不審げに、

「誰アンタ？　この人の孫？」

「いえ、孫ではなく仕事で……立ったら処理してあげる関係というか……」

「勃《た》ったら処理する仕事!?　なにその、歪《ゆが》みきった介護サービス！」

ドン引きした販売員は、逃げるように去って行った。

それからもフラグちゃんは、モブ男に寄り添いながら助け続ける。

No.1は呆《あき》れ果《は》てた。

（……もう、馬鹿馬鹿しくなってきました。こんな死神に、私は対抗心を燃やしていたとは）

そしてフラグちゃんが、百近くの死亡フラグを回避させたとき……

モブ男が胸を押さえてうずくまった。苦悶《くもん》の表情で、脂汗を流している。

「た、立ちました！　胸の痛みは心筋梗塞《しんきんこうそく》の可能性が。今すぐ救急車を……」

「……いや、もういいんじゃ」

そして笑顔で、モブ男は首を横に振った。

「結婚もせず、一人で迎えた老後じゃったが……フラグちゃんがいたから寂しくなかったよ。ありがとう」

フラグちゃんは涙ぐみ、唇をかみしめた。

しわくちゃのモブ男の手を、そっと握りしめる。

「こちらこそ、ありがとうございました。モブ男さんと過ごせて楽しかったです」

「嬉《うれ》しいことを、言ってくれるのう……」

やがて彼は動かなくなった。

ようやく一つ目の回収。だがNo.1の百個に対し、その差は比べるまでもない。

No.1は背をそらし、心の底から笑った。

「あ……あっはははははは！　やっぱり貴方《あなた》は落ちこぼれ。私の勝ちですね」

なんて愉快。やはり、神様の期待に応えられるのは、私しかいないのだ。

「……そうでしょうか」

「は？」

フラグちゃんが身体《からだ》を向け、見上げてくる。

涙の残る金色《こんじき》の瞳には、微塵《みじん》の敗北感もない。なぜだ？　なぜこんな表情をしているのだ？

「あなたは『死亡フラグ回収の勝負をしなさい』と言っただけです。『数が多い方が勝ち』とは言っていません」

「……ああ」

確かに、そうだったかもしれない。だが死神としてどちらが優れているかは、明白《めいはく》ではないか。

フラグちゃんは胸に小さな手を当てて、

「モブ男《お》さんは、崩壊してバラバラになるとき、こう言いました」

『プログラムに過ぎない俺のために、泣いてくれたじゃないか。最後まで必死に、助けようとしてくれたじゃないか』

『君が俺の死神で、よかった』

『きっと、君にしかなれない……立派な……死神に、なれるから……』

「消滅の淵《ふち》でも、モブ男さんは私の可能性を信じてくれていました。その言葉に、私は勇気をもらいました」

「……」

「だから私は、私にしかできない方法——死亡フラグ回収にこだわらず、老いたモブ男さんに寄り添うことにしました。危険を回避し、彼が少しでも、安らかな死を迎えられるように」

「それがどうし……」

脳裏に神様の言葉が、雷光《らいこう》のようによみがえった。

モブ男が『死亡フラグクラッシャー』となった際。

フラグちゃんが諦めず、フラグを回収したときのこと。

**『No.269は死にゆくモブ男に寄り添い、救いとなる言葉をかけた……あれこそ僕が求める〝優しい死神〟の姿だ』**

『僕が求める』。

もし神様がここにいて、判定を下すのなら——

（私でなく死神No.269に、軍配《ぐんばい》をあげるのでは……？）

竹馬のバランスを保っていられなくなり、身体《からだ》が揺れる。
(そんな、嘘《うそ》、私は誰よりも優れた死神のはず。神様のために頑張ってきたのに……)
盤石《ばんじゃく》だった勝利への確信が、崩壊してゆく。
今まで何万、何十万という死亡フラグを回収してきたが、

**『君が俺の死神で、よかった』**

そんなことを言ってくれた人間など、一人もいなかった。
思わず尻餅をつく。対照的に、フラグちゃんの表情には全く迷いがない。
どちらが勝者として、ふさわしいだろうか。
そんなNo.1の心を、反映したかのように。
老いたモブ男《お》の遺体が、水晶玉ほどの光球《こうきゅう》に変化する。『ソースコードの断片《だんぺん》』だ。
「モブ男さん……!」
フラグちゃんは両手を伸ばす。
そして抱きしめるように、胸に抱えた。
(う……ううう……!)
No.1は歯ぎしりした。

全ての『ソースコードの断片』を取り戻され、天使No.51や死神No.269に犯人だと知られている。

「こ、このままでは」

神様に、嫌われる。身を引き裂かれるより耐えられない。思わずタッチパネルで、あるコマンドを実行したとき。

No.1のスマホが鳴った。

ピピピピ……！

死神寮の自室ドアにつけた、センサーからの通知。どうやら来客のようだ。

（こんなときに一体だれ……）

舌打ちして、寮の廊下に備え付けた隠しカメラの、映像をみる。

「!?」

神様が、部屋をノックしている。

いま、自分は自室で対策を考えていることになっている。一刻も早く戻らねばならない。

No.1は慌てて、あらかじめ設置していた扉《リンク》に飛び込んだ。

⚑

自室へ戻った。

「No.1、いるかな?」

神様がドアをノックしている。

No.1は急いで、ディスプレイをダミー用の作業画面に変えた。大鎌で破壊したものはベッドの布団に隠した。先ほど通ってきた扉《リンク》も消す。

部屋を見回す。大丈夫。何もおかしなところはない。万が一神様に問い詰められても、シラを切り通せばいい。

一度深呼吸し、落ち着いた声を作ってドアをあける。

「神様、何かご用でしょうか?」

次の瞬間、全く予想しなかったことが起きた。

「え?」

お姫様抱っこされたのだ。

甲冑《かっちゅう》をまとうNo.1は相当の重量があるはずだが、さすが神というところか。

「か、神様……?」

意味はわからないが、トゥクンと胸が高鳴る。

死神寮の廊下を駆け抜け……

天使や死神が使用する、大浴場へとやってきた。いまは使用時間外だからか、誰もいない。

（まさか一緒にお風呂とか？）

甘い妄想をする№1。

だが神様は更衣室で足を止めず、大浴場へと入っていく。

（いったい何のおつもり――あぁっ⁉）

巨大な湯船に張られたお湯。その色を見て、顔色を変える。

ピンクだ。それにこの香り、間違いない。

天界アイテム『ぶっちゃけバスソルト』――本音を漏らしてしまう入浴剤が溶かされている！

（今、あのお湯に浸《つ》かったら！）

自分の行動の、すべてが白日《はくじつ》のもとにさらされる。№1はジタバタと暴れて逃げようとする。

神様は必死に歯をくいしばり、

「僕の勘違いなら、いくらでも謝ろう」

抵抗むなしく、湯船に放り込まれる。

甲冑《かっちゅう》の隙間からお湯が入ってきて、身体《からだ》に『ぶっちゃけバスソルト』の成分が浸透《しんとう》していく。

何とか起き上がると、神様が見つめてくる。

「№1、答えてくれ……」

泣きそうな顔で、こう続けた。

「モブ男《お》に『バグ』を仕込み、消滅させ……№269達《たち》を危機に追いやっているのは、君か？　違うよね？」

「犯人は、私です」

「な、なぜ……そんなことを！」

愕然《がくぜん》と両膝《ひざ》をつく神様。

ああ、失望された。だが言葉を止めることはできない。

「神様が悪いんですよっ！」

仮面を床にたたきつけ、甲冑も脱ぎ捨てた。

「神様が、あの子ばかり可愛《かわい》がるから目障《めざわ》りだったんです！」

「あの子？」

「№269のことですっ‼」

押さえつけていた心がほとばしる。『ぶっちゃけバスソルト』によるものか、今までの我慢の爆発か、自分でもわからない。

湯船から出て、神様の胸にすがりつく。

「どうして私をもっと……見ては下さらないのですか……」

「え……」

「こんなにも……あなただけを愛しているのに……あなたのために、必死に優秀になったのに……」

神様はぎゅっと目を閉じた。

「僕は……子供たちを、平等に愛している」

「嘘《うそ》です！　だって私より、№269のことばかり……！」

「君はあまりにも優秀だから、僕が構わなくても大丈夫だろうと、独《ひと》り合点《がてん》してしまった」

神様は唇をかみしめたあと、大きく息を吐いた。

「ごめんね。№1がそんな思いを抱えていたとは、全く気付かなかった」

「……」

「しかも、そんな君に『№269のためのシステムを作るのを手伝って』だなんて」

己の額に拳をぶつけて、

「僕はなんて、残酷なことをしたんだ……！」

悔恨《かいこん》に満ちた声。

食いしばった歯の奥から、絞り出すように、

「でも……でもね」

「は、はい」

「大切な妹たちを、嫉妬の感情で危険な目に遭わせるなんて、絶対に間違っている。この罪は、あとで必ず償ってもらう……」

怒りの言葉に、心が切り裂かれる。

（ああ）

この方に嫌われた。

どんな罰を受けようとも、きっと今の絶望よりはましだろう。

「だが、今は№269たちの救出が先だ。君も協力してくれ」

№1はうなだれて、力なく告げる。

「もう……遅いです」

「え？」

「プログラムの墓場の『大掃除コマンド』を実行しました。あと五分程度で、あの空間にある何もかもが、完全除去《オールデリート》されます」

「で、でも、今から扉《リンク》を作れば」

「バグが進みすぎており、もう不可能です」

神様の表情が凍りついた。
もう、№２６９たち四人の消滅は避けられない。

# 十話　さらなる危機でどうするのか？

フラグちゃんは扉を通り、廃棄物処理場のような場所に戻った。

周囲に積み上がった巨大な鉄クズ。それがクレーンで運ばれ、溶鉱炉《ようこうろ》のように煮えたぎる液体に放り込まれる。

熱風が吹き付けてきた。

「っ！」

フラグちゃんは我が子を守るように、『ソースコードの断片《だんぺん》』を胸に抱く。

熱い。痛い。だがもう少しでモブ男《お》が復活するなら、いくらでも耐えられる。

そのとき。

『生存』の扉から生存フラグ、

『恋愛』の扉から恋愛フラグ、

『失恋』の扉から失恋フラグが現れた。

フラグちゃんは金色《こんじき》の瞳を輝かせる。

「みなさん……！」

「おおっ」

「みんなそろってるね♥」

「良かったわ！」

四人は——生存フラグでさえ、知らず知らずのうちに手をとりあっていた。

フラグちゃんは感無量《かんむりょう》で、

「よくご無事で」

「ふん、当然じゃ。まあ武術を封じられたり、色々あったがな」

「それは大変でしたね」

「ああ。翼や手足に『封』などと書かれて……む、消えておる」

生存フラグは身体《からだ》を確認してから、シャドーボクシングをする。その動きはいつものように軽快だ。

その隣で、失恋フラグが胸をそらしてドヤる。なぜかサラシを取っているようで、ブラウスの胸元がはちきれそうだ。

「アタシなんか、百人近いモブくんに誘惑されたけど耐えたわ！　褒《ほ》めてれんれん！」

「あ〜はいはい。えらいえらい」

適当に褒める恋愛フラグだが、いつもより表情は柔らかい。内心では失恋フラグを心配していたのだろう。

フラグちゃんは一度うつむいてから。

皆を見まわして告げた。

「今回の事件の犯人――モブ男《お》さんに『バグ』を仕掛けたのは、死神No.1さんです」

「なに!?」「嘘《うそ》でしょ!?」

生存フラグと失恋フラグは驚愕《きょうがく》している。

だが恋愛フラグは、つまらなそうに唇をとがらせた。

「それ、ボクが言いたかったな～」

「キサマも知っとったのか。じゃが何故《なぜ》No.1が、そんなことを」

フラグちゃんは、No.1の叫びを想《おも》い出《だ》す。


**『貴方《あなた》が私より、ずっとずっと優れた死神であることを、証明してみせるんですからっ!』**


ここに、異常なまでにこだわっていたようだ。

だが今は、もっと大事なことがある。

「これで四つの『ソースコードの断片《だんぺん》』が揃《そろ》ったんですね。神様のところに持っていけば……」

「復活できるわ！　待っててねモブくん！」

失恋フラグが『ソースコードの断片』に頬《ほお》ずりする。

一方、恋愛フラグは冷静だ。周囲を見回してこう提案する。

「『ソースコードの断片』は、ボクが異空間——天界アイテムをしまってる場所に収納しておくよ。こんな場所じゃ、何があるかわからない」

「そうですね、お願いします」

熱風、それに積み上がった廃棄物の崩落など、危険はいくらでもある。大切にしまっておくべきだろう。

恋愛フラグは四つの『ソースコードの断片』を収納し、

「さて、天界に帰還しよう。扉《リンク》の場所は覚えてる。行こうか……」

その声色《こわいろ》は、どこか暗い。

四人の少女は駆け、目的の場所へ辿《たど》りついた。

だが。

「扉が、ない……」

愕然《がくぜん》と立ち尽くす。

No.１は、こう言っていたのだ。

『あなたたちが帰還するころ、改めて扉《リンク》を作ります』

だが№1こそが、黒幕なのだ。敵である四人を天界に戻す理由などない。

「くそっ！　№1のヤツめ」

生存フラグは、足元のゴミを蹴飛ばす。

一方、失恋フラグはすがるように、

「で、でも、れんれんなら、なんか策を思いつくでしょ？　ね？」

「……」

恋愛フラグは苦々しい表情で、親指の爪を噛《か》んでいる。

他の三人は悟った。

詰《つ》んだ、と。

フラグちゃんは、呆然《ぼうぜん》とへたりこむ。

「そ、そんな。せっかく全ての『ソースコードの断片《だんぺん》』を取り返したのに……！　モブ男《お》さんの復活まで、あと一歩なのに！」

追い打ちをかけるように。

ウウウウウウウウウウウウ……！

「なんじゃ!?」
耳をつんざく警報に、生存フラグは周囲を見まわした。
無機質な電子音声が響きわたる。

**『大掃除コマンドが　実行されました**
**これより　五分以内に**
**ここ〝プログラムの墓場〟にある　全てのものが——』**

そして、死の宣告を下す。

**『完全消去《オールデリート》されます』**

四人の少女は、顔面蒼白《そうはく》になった。
ガガガガ……と頭上から音がする。見上げれば、数え切れないほどのクレーンが降りてきた。

　それらは『◇』の形のアームを開閉させ、鉄塊や廃棄物を持ち上げては、次々と溶鉱炉《ようこうろ》に放り込んでいく。それによる熱風は、もはや爆弾が投下されたようだ。

「あうっ……」

　痛みに悲鳴を上げる間もない。

　クレーンはフラグちゃんたちにも狙いを定め、迫ってきた。掴《つか》まれば、あの溶鉱炉に放り込まれて、どろどろに溶かされて死ぬ。

「まずい……本当にまずいよ！」

　珍しい、恋愛フラグの切羽《せっぱ》詰まった声。

「走れ！」

　生存フラグにうながされ、皆は駆けた。

（逃げなきゃ――でもどこへ？）

　この『プログラムの墓場』に、出口などどこにもない。

　空からは無数のクレーンが襲いかかってくる。

　ようやくモブ男《お》と再会できると思った。だが悪夢は終わっていなかった。

「ちんちくりん、危ない！」

　後ろからの声に、振り向く。

⚑

クレーンが大口《おおくち》をあけた恐竜のように、フラグちゃんに迫っていた。

「まずい……まずいまずいまずいまずい！」

神様は、空中にディスプレイとキーボードを表示させ、必死に作業していた。

「急いで『仮想世界の深層』への扉《リンク》を作らないと！」

だが仮想世界そのものが崩壊しかけているため、全く歯が立たない。改めて、No.1のスキルの高さを痛感する。

「無理です……もう、私だって扉は作れない」

No.1は全てを諦めたかのように、力なくうずくまっている。

だが神様は微塵《みじん》も揺るがず、作業に没頭しつづける。

「優秀な君の言うことだ。扉を作るのは難しいだろう」

「では、なぜ続けるのですか」

「『大切な誰かのため』って考えると、限界を超えられる事だってあるんだよ」

「……No.269たちのために、ですか」

No.1の声に、苦いものが混じる。

「うん。でも、それだけじゃ……」

神様が何かを言いかけたとき。

いきなりディスプレイに顔を近づけ、目を爛々《らんらん》と輝かせた。

「よし……よしよしよし！『仮想世界の深層』への道筋が見えた、待っていてくれ、みんな！」

⚑

「せ、生存フラグさん、ありがとうございました。ところで大丈夫ですか⁉」

「案ずるな……これくらい、なんでも」

フラグちゃんを襲ったクレーンは、生存フラグが殴り飛ばした。

だが右拳からは血が流れ、痛みに歯をくいしばっている。耐久力が人間並みの今、天使のパワーに身体《からだ》が耐えきれないのだ。

いま、少女四人は廃棄物の陰に隠れ、クレーンをやりすごしていた。

恋愛フラグが、周囲の様子をうかがいながら、

「見つかるのは時間の問題、だね……」

暗い空気を、中年男性の声が吹き飛ばした。

『おーい！　君たち、聞こえるかい⁉』

「神様⁉」

『あぁあ、やっと繋《つな》がった。よかった……！』

涙混《なみだま》じりの声。

フラグちゃんは胸が熱くなった。神様は自分たちのことを、ずっと案じていてくれたのだろう。

舌をもつれさせて、

「か、神様っ、私たち『ソースコードの断片《だんぺん》』を全て回収したんですけど……！」

『だいたい状況はわかっている。いま大ピンチなんだよね？』

「はい」

『待っていてくれ。いま天界との〝扉《リンク》〟を作る』

少女四人は笑顔を向け合った。助かるのだ。

生存フラグが碧《あお》い目を輝かせて、

「やるな。腐っても天界の最高指導者、といったところか」

『いや、別に腐ってはいないけど……じゃあいくよ、コマンド実行！』

近くの空間が歪《ゆが》み、扉が現れた。

……だが。

「ちっちゃ!!」

失恋フラグが叫ぶ。扉の大きさは、縦横二十センチほどしかなかったのだ。

生存フラグが地団駄《じだんだ》を踏んで、包帯に包まれた胸を揺らす。

「おぉおーーい!! さっきの感心を返せ! これではとても通れんぞ!」

『これが僕の力では……精一杯な……よ……』

音声が、途切れ途切れになりはじめた。

生存フラグは必死に呼びかける。

「おい、おい!」

『もう……切れ…………考えて……』

通信が切れた。

皆が押し黙る中——生存フラグは、左手で銀髪をガリガリと掻《か》き、

「おい、死亡フラグ」

「は、はい」

扉を指さして、

「キサマだけでも行け! 胸の膨《ふく》らみが毛ほどもないキサマなら、通れるかもしれん!!」

百％善意なだけに、文句が言いづらい。

続いて失恋フラグが、恋愛フラグに泣きついた。

「そうよ。アタシは絶対無理だけど、れんれんだけでも逃げて～～～！　そのパッドすっごく分厚いから、外せばいけるかも！」

「はぁ!?」

大ピンチなのに、友情に亀裂が入りつつある。

ブチ切れかけた恋愛フラグだが、ハッと紅《あか》い目を見ひらいて、

「神様が何の意味もない扉《リンク》を作るとは思えない……それに『考えて』って言ってた。『この扉で脱出する方法を考えろ』ってこと？」

真剣な顔で考え始めた。

その隙をつくように、背後からクレーンが襲いかかる。

「れんれん、危ない！」

「えっ――きゃっ！」

突き飛ばされたことで、回避できた恋愛フラグ。

だが……

「ちょ、こら、放しなさいよ！」

「……」

失恋フラグが、クレーンに掴《つか》まれてしまった。

助けるべく、フラグちゃんは大鎌を叩《たた》きつける。しかし、

「う……！」

固い。傷一つつけられない。フラグちゃんのパワーでは全く歯が立たないようだ。

「ワシがやる——」

生存フラグが攻撃しようとしたが。

別のクレーンに、横殴《よこなぐ》りの一撃を食らう。

「うぐぁっ！」

吹っ飛ばされ、積み上がった鉄クズにたたきつけられる。ダメージで動けないようだ。

「させないよっ」

恋愛フラグは掌《てのひら》をかざし、小瓶を出す。天界アイテム『マサツ丸《がん》』。飲んだ者の摩擦係《まさつけい》
数《すう》を操るものだ。

「受け取って！」

投げた小瓶を、失恋フラグがキャッチ。

フタをあけて中の丸薬《がんやく》を飲み込むと、クレーンからヌルリと抜け出せた。身体《からだ》の摩擦係
数を下げたのだ。

「ありがと、れんれ——」

ガシャン！

今度は二つのクレーンが飛来し、両側から包み込むように失恋フラグを捕らえる。

これでは摩擦係数が減ろうが、どうにもならない。

そして……クレーンは溶鉱炉《ようこうろ》の上へ移動していく。

いま失恋フラグは、熱したオーブンのような灼熱《しゃくねつ》の中にいるだろう。

姿は見えないが、こもった声が聞こえてくる。

「……ち、ちんちくりん。モブくんにもう一度会えたら……よろしくって……」

「な、何いってるんですか。自分の口で……」

己の死を悟った言葉に、フラグちゃんはゾッとした。

「いままで一杯迷惑かけて、ごめんね、れんれん」

「うるさいッ！　最後みたいなこと言うな！　ああ違う……これじゃない……これでもない！」

恋愛フラグは、天界アイテムを次々に出している。『フクカエール』、サイコメトリー能力を得られる『サイコメトロンX』……今の状況では役に立たないものばかり。珍しく、完全に冷静さを失っている。

失恋フラグの声は、どんどん弱々しくなっていく。

「こんなことになるなら、天使№11のこと、せーちゃんって呼んどけばよかった」

「いくらでも呼べ！　いま助けてやるから！」

生存フラグは起き上がり、飛び上がる。

「……大好きだよ、れんれん。最後に一度だけでいいから、れんれんの口からも聞きたいな」

恋愛フラグは天界アイテムを取り落とし、うずくまった。

そして叫んだ。

「大好きだよ！　大好きなんだからぁっ!!」

「あり……がと……」

心の底から嬉《うれ》しそうな声。

生存フラグがクレーンを飛び蹴りで破壊しようとしたが——空《くう》を切る。

クレーンは、溶鉱炉《ようこうろ》に沈んでいったのだ。

「あ、や……やめ……あああああっ!!　あああぁぁぁぁ畜生《ちくしょう》ぉおおおおおお！」

胸をえぐられるような、恋愛フラグの慟哭《どうこく》。

その傍《かたわ》らで、フラグちゃんはへたりこんだ。

仲間の消滅に、心が壊れそうだ。しかもまだ惨劇は終らないのだ。

無数のクレーンは『次はお前たちだ』とでもいうように、フラグちゃんと恋愛フラグの方を向いており——

一斉に襲いかかってきた。

「このおっ！」

恋愛フラグが弓をひきしぼり、矢を連続で放った。

（あれは――『恋の矢』？）

矢が当たった者同士を相思相愛《そうしそうあい》にする、天界アイテムだ。

矢が突き刺さったクレーンは、まるで仲睦《むつ》まじいカップルのように、身を寄せ合っている。

フラグちゃんは驚いた。

「ク、クレーンにも『恋の矢』通じるんですか？」

「以前『恋の矢』でモブ男《お》くんと観覧車が相思相愛になったでしょ？　だから無機物同士でも効くんじゃないかと思ったけど……案の定だったね」

さすが天界一のトリックスター、とフラグちゃんは感嘆する。

「さぁて、恋の矢はまだまだあるよ……っ。もう少しこの方法を早く思いついていれば、あの子を助けられたかもしれないのに……」

唇を、血が出るほど噛《か》む恋愛フラグ。

そこへ、別のクレーンが襲いかかってくる。

「無駄だよ。えいっ――」

恋の矢が刺さる瞬間。

クレーンは器用に、アームで恋の矢をつまんだのだ。これでは刺さらない。恋愛フラグが何本撃とうが、その方法で阻止される。

「こ、こんなに早く、対策されるなんて……！」

愕然《がくぜん》とする恋愛フラグとフラグちゃん。

そんな二人にクレーンが衝突し、弾《はじ》き飛《と》ばされる。

（ああ……）

自動車にはねられたかのような衝撃に、フラグちゃんの意識が遠のく。これまでなのだろうか。

そこへ、包帯姿の美女が舞い降りた。

「生存フラグさん……！」

これほど絶望的な状況であっても、友人が側《そば》にいるだけで心強くなる。

だが。

生存フラグは口元をゆがめ、吐き捨てた。

「ふん、軟弱者どもめ」

「え？」

「キサマらなんかに構ってられるか。わし一人でも逃げて、生き残ってやる！」

　生存フラグは銀髪をなびかせ、駆けていった。

　フラグちゃんは、彼女を心から信じている。見捨てるなど絶対ありえない。

　だから行動の意味が、すぐにわかった。

　全てのクレーンが、生存フラグに集中攻撃を始めたではないか。

　恋愛フラグが倒れたまま、

「……せーちゃんは、自分に死亡フラグを立てて、クレーンを引きつけてくれたんだね……」

「……！」

　生存フラグのパンチが、クレーンを鉄塊に変えた。

　だがそれだけで、元々痛めていた右拳が完全に砕けた。

「うぐっ」

　背後からクレーンに髪の先を掴《つか》まれる。生存フラグは迷わず手刀《しゅとう》で髪を切り落とし、身体《からだ》を回転させて回し蹴りを放った。

　轟音《ごうおん》。

　見事にクレーンを破壊。だが猛攻は終わらない。増えていく残骸と比例して、生存フラグの身体はボロボロになっていく。

　たまらず膝《ひざ》をついたところへ、クレーンが襲いかかる。絶体絶命だ。

「逃げてっ！」

フラグちゃんが叫んだ瞬間——

生存フラグは碧《あお》い瞳を虚空《こくう》に向けて、

「ナナ……キサマにもう一度会いたかった……」

（ナナって誰でしょう？……あっ）

クレーンは急激に軌道を変え、それていった。

『後《のち》への伏線』という生存フラグを立てることで、回避したのだ。

いま生存フラグは、鍛えてきた力と知恵を総動員することで、友人たちを守っている。

（……生存フラグさん）

フラグちゃんは、初めて会った日を思い出す。

『どうしたらキサマみたいに〝優しく〟なれるんじゃ？』

（あなたは、誰よりも優しいじゃないですか）

仲間のためにあそこまで出来る人が、他にいようか。

——神話の英雄のような、獅子奮迅《ししふんじん》の戦いを見せた生存フラグ。だがついに限界を迎える。

拳が砕ければ肘《ひじ》で、足が壊れれば膝《ひざ》で。

それも無理ならば口先で戦っていたのだが。

「こ、ここからワシが生き残る確率など、1%……ごぼっ⁉」

『1%しかない』という生存フラグを立てようとしたのだろう。だが腹に攻撃を受け、遮《さえぎ》られてしまった。

そして……ついに、クレーンに捕まり、溶鉱炉《ようこうろ》の上に運ばれていく。包帯も、翼も、ほぼ全てが血に染まっている。

「あ、ああ……」

フラグちゃんは、呆然《ぼうぜん》とそれを見上げた。涙は流れる間もなく、熱さで蒸発していく。

生存フラグは何度か咳《せ》き込《こ》み、

「すまん……ここまでのようじゃ。わしに引きつけて、キサマらを守りたかったが」

「わかってます！　あなたが私たちを見捨てるはずがありません」

「そうか……」

生存フラグは微《かす》かに笑ったが、すぐに目を見ひらき、

「後ろじゃ！」

フラグちゃんが振り返ると。

クレーンが迫っている。

どん。

衝撃とともに、地面を転がる。

見れば恋愛フラグが、クレーンに掴《つか》まれているではないか。

「か、庇《かば》ってくれたんですか。どうして……」

「天使や死神が消滅したら、どうなるのかわからないけど」

恋愛フラグは、失恋フラグが消えたあたりを見て、

「あの子を一人にしたら泣きそうだからね。まったく手がかかるよ」

恋愛フラグは、生存フラグの隣に運ばれていく。

フラグちゃんは膝《ひざ》をついて懇願《こんがん》した。

「やめて……やめてください……」

「死亡フラグよ」

生存フラグは、見たこともないほどの笑顔で、

「わしと友達《ともだち》になってくれて、ありがとう」

「しーちゃん……ボクにもなんか言ってよ……」

「ああ……キサマとの日常、楽しかったぞ」

そして万感《ばんかん》のこもった声で、フラグちゃんと恋愛フラグに告げた。

「さらばじゃ――我が最愛の友人たちよ」

そしてクレーンごと、溶鉱炉《ようこうろ》へ沈められていった。

フラグちゃんはもう、涙も出なかった。心がバラバラにされたようだ。

「しーちゃん……」

恋愛フラグが紅《あか》い瞳で、フラグちゃんを見下ろしてくる。

「ボク達《たち》に続こうなんて思わないで。最後まであがい――」

沈められる。

フラグちゃんは赤ん坊のように、天を仰いで慟哭《どうこく》した。

少し前まで、四人で手をとりあって、モブ男《お》が復活できると喜んでいたのに。

どうして、こんなことに。

そしてクレーンが――死が迫ってくる。


（……俺……俺の名は……）

なんだっけ？

思い出せない。

でも、たしか自分は只《ただ》のプログラムに過ぎなかったはず。名前など、どうでもいいことだろう。

『私の好きな●●くんは、駄目なところも沢山ある。でも、誰よりもかっこいいの！』

――いや、違う。

そんな無機質な存在じゃ、なかったはずだ。だって、こんな事を言ってくれた人がいるんだから。

続いて、不思議な感覚をおぼえた。

『自分』という器に、中身がある程度注ぎ込まれたような。

それに伴《ともな》い、こんな声も聞こえてくる。

『わしも、●●●のことを大切に思っておる！　だから死ぬな!!』

必死に、俺を助けようとしてくれた人がいた。

また、中身が注ぎ込まれる。

『キミが考えるより、ボクは大事に思ってるんだよね。●●●くん達《たち》と過ごす、賑《にぎ》やかな日々をさ』

俺との日常を、大切に思ってくれる人がいた。

『消滅の淵《ふち》でも、●●●さんは私の可能性を信じてくれていました。その言葉で、私は勇気をもらいました』

ああ、俺の言葉を糧《かて》に、歩《あゆ》んでくれる人がいる。

みんなと、また会いたい。

（俺の名は……）

そう、俺が消えるとき、あんなに必死に呼びかけてくれたじゃないか。

『モブ男《お》さん！』『モブ男！』『モブ男君!?』『モブくん！』

そうだ。

何度も何度も繰り返してきた言葉を、万感《ばんかん》を込めて。

「俺の名は――モブ男《お》!!」

そう叫んだ瞬間。

『彼』は蘇《よみがえ》った。

まだ目は閉じたままだが、脳天から足先まで血が通っている感覚がある。

(さすが俺。女子たちの愛のパワーで大復活をとげたのか?)

意気揚々《いきようよう》と目をあけて――驚愕《きょうがく》した。

眼前《がんぜん》にはロン毛で無精髭《ぶしょうひげ》の、中年男性がいたからだ。

「うぉ!? いきなり知らんオッサンのどアップ! しかも口臭きっつ!」

「いきなり酷《ひど》いね君……」

中年男性は頬《ほお》を引きつらせた。

続いて、真剣そのものの顔で、

「僕は、神様だ」

コイツやべえ、とモブ男は思った。

その喉に、冷たいものが押し当てられる。おそるおそる見下ろせば、巨大な鎌だ。

「ひぃ!?」

長い紫髪《むらさきがみ》のちびっ子が、額に血管を浮かび上がらせて、

「プログラムの分際で、神様を臭いなど……万死《ばんし》に値します」

「お許しを！　万死とはいかずとも、結構な数死んでますので！」

彼しかできない命乞《いのちご》いをするモブ男。

復活して初の土下座を決めていると、ロン毛男性がとりなしてくれた。

「待って待って！」

ちびっ子は、しぶしぶ大鎌をおさめた。

ようやく一息つく。周囲を見回せば、銭湯の大浴場のような場所だ。

「いったいここ、どこ？」

「天界の宮殿——いや、今はどうでもいい。いま№２６９達《たち》は危険きわまりない場所にいる。死の危機に瀕《ひん》しているんだ」

「え、フラグちゃんたちが⁉」

「ああ。今すぐ救出しなくては。それができるのは君しかいない。わかるね？」

「……俺だけ……？　あっ、そうか！」

死神や天使は、フラグを立てた者のもとへ一瞬でやってくる。

「つまり俺がフラグを立てれば、彼女たちをここへ、テレポートさせられる！」

張り切るモブ男。

そのとき大浴場の扉がカラカラと開き、緑色の髪の美女が入ってきた。

「あ、死神No.13」

そう言う神様に、No.13は形のいい眉をひそめて、

「神様。あなたがNo.1をお姫様抱っこして、大浴場に連れ込んだという噂《うわさ》が……」

モブ男は大興奮《お》し、No.13の足元にスライディング土下座した。

「うおほほほぉ――――!! ものっすっごい美人! お付き合いしてください、お姉さん!」

この言動は、彼が猿のような性欲を持つからだけではない。

No.13との間に『恋愛フラグ』が立てば、恋愛フラグを救い出せる――そういう計算があったからだ。

……だが現れたのは、失恋フラグだった。

救出されたことに気付かず、タイルに横たわって断末魔《だんまつま》の叫びをあげる。

「れんれん、大好き――――!」

神様が深くうなずき、

「どうやらモブ男とNo.13は釣りあわなさ過ぎて、失恋フラグが立ったようだねぇ」

「納得いかねえ！」

ジタバタするモブ男。

だが要領は分かった。これから死亡フラグ、生存フラグ、恋愛フラグも立てて、他の三人を救い出せばいい。

失恋フラグは、ようやく状況を理解した様子だ。

「モ、モブくんが復活してる――――！　ぴえぇぇ〰〰〰〰ん!!」

ラグビーのタックルのような勢いで抱きついてくる。

モブ男は少し考えてから。

キメ顔をつくり、前髪をかきあげた。

「ああ。そしてすぐに、君を助けたのさ！」

「はぅ。やはりアタシの、王子様……」

――ピンチの女性を助けるのは、恋愛フラグ。


恋愛フラグが姿を現した。

慌てて周囲を確認し、失恋フラグを見つけてへたりこむ。

「マ……マジで焦《あせ》った……よかった……」

「れんれ――ん!!」

すがりついてきた失恋フラグを、しっかり抱き留めながら、

「神様、モブ男《お》くんを復活させてくれたんだね」

「ああ、さすが天使№51。よく僕の意図をくみ取り、四つの『ソースコードの断片《だんぺん》』を送ってくれた」

神様が作った、小さな扉《リンク》。

あれはフラグちゃんたちを通すためではない。『ソースコードの断片』を、天界に送るものだったのだ。

恋愛フラグは「ボクなら当然だよ」と胸を張り、

「さあモブ男くん、せーちゃんとしーちゃんも頼むよー!」

「任せろ師匠! ……だけど、本当にうまいくだろうか」

「? 何いってんの?」

モブ男はうつむいて、

「ここから皆が生還する確率なんて――俺の計算では、1%しかない」

『凄《すご》く低い生還確率』は、生存フラグだ。

目論見《もくろみ》通り、包帯姿の美女が現れる。

「たとえ死すとも、我らは永遠に友達《ともだち》じゃー!!」

断末魔《だんまつま》の叫びの、真っ最中のようだ。

「ん？　なかなか死なんな……」

碧《あお》い瞳を開け、おそるおそる周囲を見る。モブ男と目があった。

状況を察したらしい。

真っ赤になり、ケツにタイキックしてくる。

「瞬間移動させるタイミング、考えんかい!!」

「さすがにそれは無理じゃね!?」

だが、キックが全然痛くない。いつもならバイクに轢《ひ》かれたような衝撃なのに……

それも当然で、生存フラグはボロボロだった。全身が傷と血にまみれ、精魂《せいこん》尽き果てた様子で倒れる。

（生存フラグさんだけじゃない、師匠や、失恋フラグちゃんも）

モブ男を救うために、ここまでしてくれたのだ。

フラグちゃんも、一刻も早く助けなければ。

だが、どう死亡フラグを立てればいいか……

そのとき、大浴場の外から声が聞こえてきた。扉が開き、多くの女性達《たち》が入ってくる。

№13が生存フラグの手当てをしながら、

「どうやら騒ぎを聞きつけた死神や天使が、集まってきたようですね」

「チャ――――ンス！」

モブ男《お》はTシャツもジャージも、パンツさえも脱ぎ捨て全裸になった。

背をそらしてブリッジし、そのまま激しく腰を振ったり、前進したりする。悪夢のようなキモさだ。

「初めましてみんな――――！　俺の全てを見て――――!!」

「ぎゃああああああ!?　なんだこいつ!?　男だ！」

天界が始まって以来の、阿鼻叫喚《あびきようかん》。天使も死神も逃げ惑う。

№13がドン引きし、№1が口をあんぐり開けている。恋愛フラグは苦笑し、失恋フラグは真っ赤になりつつ撮影している。

モブ男は廊下へ出ると両手を広げて疾走。公然わいせつの被害者を増やし続ける。

（ここまで社会的な死亡フラグはないだろ。だから――――）

腹の底から叫ぶ。

「現れてくれぇっ、フラグちゃん！」

仮想世界の深層。
フラグちゃんは目元をぬぐい、大鎌を構えた。
電子音声が響き渡る。

**『〝大掃除モード〟進行度99％――**
**これより　三十秒以内に　完全消去《オールデリート》は完了します』**

現に周囲のゴミはほとんど溶かされ、残るはフラグちゃんだけ。
無数のクレーンは、地に落ちた雛鳥《ひなどり》を狙う猛禽《もうきん》のようだ。
その猛攻から、フラグちゃんは逃げ惑った。
クレーンに殴られ、地面を転げ回る。痛い。
だがすぐに立ち上がる。走る。吸う息が熱くて、肺が焼けるようだ。
心も身体《からだ》もズタボロで、殺された方が楽かもしれない。
だが。
たった一つの希望が、力を与えてくれた。
（またみんなに、会えるかもしれないから――）

まだ、生存フラグ、恋愛フラグ、失恋フラグの死体を見ていない。

『死体を見ていない』――それは生存フラグだ。漫画などで、ひょっこり後から現れるなんてよくある事ではないか。

それに恋愛フラグは、こう言っていた。

『ボク達《たち》に続こうなんて思わないで。最後まであがい――』

最後まであがいて、と続けようとしたのだろう。あのトリックスターが、精神論を言うはずがない。

何かあるのだ……逆転の秘策が、何か！

尊敬する死神No.13も、こう言っていた。

『なにより大事なのは、最後まで諦めないことです』

そうだ、諦めない。全てが終わるまで。

そのとき。

フラグちゃんの全身を『虫の知らせ』のようなものが貫いた。

立った。

「あぁ……!!」

彼の、死亡フラグ！

心が歓喜で満たされる。それほど久々でもないのに、百年ぶりのようにも感じる。

身体《からだ》が、引っ張られる。

壁や空間さえ越えていく。『プログラムの墓場』から脱出し、天界へ。

彼の姿が見えた。

何故《なぜ》か全裸で走り回っているが、どうでもいいことだ。それに彼にとっては、ある意味通常運転だ。

笑顔を向けてくる。

「フラグちゃん！」

「モブ男《お》……さん……」

万感《ばんかん》の思いを込めて抱きつく。

今度こそ涙を拭《ぬぐ》いもせず、ひたすらに泣きじゃくった。

# 十一話　究極の選択を迫られたらどうするのか？

天界の大騒ぎは、死神№13が何とか鎮《しず》め……

フラグちゃん、生存フラグ、恋愛フラグ、失恋フラグ、神様、死神№13、それにモブ男《お》は、謁見《えっけん》の間に場所を移した。すでに夜になっており、ステンドグラスの向こうの空は暗い。

フラグちゃんたち四人の怪我《けが》は、№13が天界アイテムを使った手当てでかなりマシになった。ただケタ違いの重傷だった生存フラグは、完治までもう少しかかるようだ。

フラグちゃんは神様を見上げて、

「神様、№1さんは……」

「宮殿の一室に牢《ろう》を作って、閉じこめている。さすがに罰が必要だからね」

無理もない。天使や死神を消滅させようとするなんて、前代未聞だ。

「ううううう」

頭を抱えて呻《うめ》くのは、生存フラグ。『わしと友達《ともだち》になってくれて、ありがとう』とか言ったのが、恥ずかしくて仕方ないらしい。

「わしとしたことが……つい、あの場のテンションに負けてしまった……」

耳元で、恋愛フラグが囁《ささや》く。

「『さらばじゃ――我が最愛の友人たちよ』」

「やめろー!!」

のたうち回る生存フラグ。

恋愛フラグはお腹《なか》を抱えて笑う。そこへ失恋フラグが、

「れんれんだって、アタシに『大好きだよ! 大好きなんだからぁっ!!』って言ってくれたじゃない」

「……」

「あれは、心のメモリーに永久保存するわ」

「やめて――!!」

恋愛フラグは、赤い顔を両手で覆った。

黒歴史を残した二人を横目に、モブ男《お》へ神様が説明してくれる。

モブ男と仮想世界を生み出したのは、神様と死神№1であること。

彼に『バグ』を植え付けたのは№1。

「神様。死神№1って、どんな人ですか?」

「君を復活させたとき、首に大鎌を押し当てた少女がいただろう？　あの子だよ」

「あんなちっさい子が、俺や仮想世界を……」

驚くモブ男《お》に、神様は話を続ける。

『バグ』によりバラバラになった『ソースコードの断片《だんぺん》』。

それをフラグちゃんたちが集め、神様のもとへ送り、復活させたことを。

（じゃあ、俺が復活するとき、聞こえてきた声は……）

皆が『ソースコードの断片』を集めている時のものだったのだ。

モブ男は、フラグちゃんを見下ろし、

「俺を、みんなが救ってくれたんだね」

「はい」

「マ○オに助けられる、ピ○チ姫みたいに……」

「ちょっと引っかかる例《たと》えですが、まあそうです」

モブ男は四人の少女に、頭を下げた。

「みんな、本当にありがとう」

「いえいえ」

フラグちゃんが笑顔で、両手を横に振る。

「ふん。仕方なく救出に付き合っただけじゃ」

生存フラグは、いつものようにそっぽを向く。

「この借りは、しっっっっかりと返してね〰〰」

恋愛フラグが、ガチめに言う。

「愛する者として、当然のことをしたまでよ！」

胸を張ってドヤる失恋フラグ。

「……っ」

モブ男は、鼻の奥がツンとした。自分を救うために、彼女たちは文字通り命を賭けてくれたのだ。

目が潤んだのを見られないように、上を向いて、

「いやぁ、モテる男は辛《つら》いな」

フラグちゃんに、ピコピコハンマーで軽く叩《たた》かれる。いつものような会話が、たまらなく愛《いと》おしかった。

――だからこそ、恐ろしいことがある。

溜息《ためいき》を漏らして、

「でも俺には『バグ』があるままなんだろ、またあんな風に消滅しないか、不安だな」

また、フラグちゃんたちが命を賭けてしまうかもしれないからだ。

「違うよ」

神様は首を横に振り、

「君はもう、プログラムじゃない――正真正銘《しょうしんしょうめい》の人間に、僕が作り直した」

「「「「え？」」」」

モブ男《お》も、フラグちゃんたち四人も驚く。

「だから今までとは違う、安定した存在になったのさ。バグに悩まされることは、二度とない」

「よかったわね、モブくん！」

失恋フラグが小さく飛び上がり、フラグちゃんは胸をなで下ろす。

モブ男を神様が見つめてきて、

「君には、これまで通り、仮想世界で皆の練習相手になってもらいたい」

「やった♥　また楽しく遊べるね」

恋愛フラグが笑ったとき、神様がこう続けた。

「だが僕は、君にもう一つの選択肢を与えなければならないんだ」

「？」

「人間界で生きることだ」

モブ男は目を瞬《しばた》かせた。

「天界や仮想世界で、じゃなく？」

「ああ。しかも君が望むならば、理想の人生を用意する。これは僕が、イレギュラーで人間を作ったときの決まり事なんだよ」

「じゃあたとえば……」

モブ男は鼻息を荒くして、神様の両肩をつかんだ。

「ニート生活もＯＫですか？」

「もちろん」

「酒池肉林《しゅちにくりん》の、ただれきった、ドスケベにドスケベを重ねたような生活でもですか⁉」

「……設定はしたくないけど、君の望みならやるよ」

神様は、すごく嫌そうな顔でうなずき、

「ただ人間界で生きると、一つのリスクも生まれる」

「大丈夫っすよ。ドスケベ生活が送れれば多少の……」

「フラグ達《たち》とは、永遠のお別れになるんだ」

モブ男《お》の軽口が、止まった。

フラグちゃんの表情が凍り付き、失恋フラグはのたうち回る。

「そ、そんなのイヤよ、ぴえ〰〰〰ん!!」

生存フラグは押し黙り、恋愛フラグは「え、マジ……?」と目を丸くしている。

「さあ、どうするかね? これはまさに、君の人生を左右する究極の選択だ」

「……」

うつむくモブ男。固唾《かたず》を呑《の》んで見つめるフラグちゃんたち。

死神No.13が肩をすくめた。

「神様、そんな選択、すぐに決められることではないでしょう。一晩じっくり考えさせてはいかがでしょうか」

「それもそうだね。では……」

神様は、パチンと指を鳴らした。

するとモブ男の前に、汚らしい布団が落ちてくる。

生存フラグが顔をしかめて、

「なんじゃこのゴミは?」

「いやこれ、俺の布団だよ。枕元の涎《よだれ》のあととか、カップ麺の汁こぼしたシミとか、間違いない」

ゴミではないか、と生存フラグは呟《つぶや》いた。

神様は布団を手で示し、

「仮想世界のと、全く同じものを用意した。今夜はここ謁見《えっけん》の間で寝るといい。そして明日《あした》、返事を聞かせておくれ。食事なども必要かな？」

「いや、いいっす……なんか食欲も吹っ飛びました」

モブ男は布団にあぐらをかいた。

今日は本当に色々あった。己がプログラムだと知り、崩壊し、復活し、フラグちゃんたちを救出した。そのうえ究極の選択……もう、いっぱいいっぱいである。

神様が皆を見まわし、

「じゃあ僕は、自室に引き上げるとしよう。君たちもゆっくり休むといい」

失恋フラグは名残《なごり》惜しそうに、モブ男のもとへ駆《か》け寄《よ》ってきて、

「モブくん、アタシは絶対に天界に残って欲しいわ。もっともっと、貴方《あなた》との思い出を作りたいもの！」

ここまで必要とされるのは、正直嬉《うれ》しい。

失恋フラグの腕を、恋愛フラグが引っ張る。

「ほら、そろそろ行くよ」

「ちょ、ちょっと待って……そうだ、ちんちくりんも、同じ気持ちよね？」

フラグちゃんを探すが、彼女はすでに謁見《えっけん》の間を出ようとしていた。それを見て生存フラグは、溜息《ためいき》をついている。

失恋フラグが目をつりあげて、

「ちんちくりん、なに考えてるの？　じゃあまた明日《あした》ね、モブくん！」

そして皆は、出て行った。

一人になったモブ男は、布団に寝《ね》っ転がり、恐ろしいほど高い天井を見上げる。

「フラグちゃん……俺に残って欲しくないのかな」

⚑犯人と対峙《たいじ》してどうするのか？

宮殿の一室――

神様に設けられた牢《ろう》の中で、死神№1は力なくうずくまっている。

脳裏によぎるのは、神様の言葉。

**『君を許すかどうかは、僕が決めるべきじゃない。けじめをつけるまで、この中にいてもらうよ』**

（神様……神様に、私は嫌われたんだ……！）

小さな身体《からだ》を揺らして、嗚咽《おえつ》する。

あのお方に愛されること。それが全てだった。今の自分にはもはや、存在する意味もない。

ドアの開く音がした。

神様か、と期待して顔をあげると、

「失礼します」

入ってきたのは、フラグちゃん、生存フラグ、恋愛フラグ、失恋フラグだ。

弱々しい声で尋ねる。

「……なぜ、あなたたちがここに？　仕返しをしようというのですか？」

どんなことをされても、受け入れよう。

『甘んじて』というより、もう何もかもが、どうでもよかった。

生存フラグが驚いた様子で、鉄格子《てつごうし》の向こうから見下ろしてくる。

「それが、キサマの真の姿じゃったのか……今は、精魂《せいこん》尽き果てたという様子じゃな」

「……神様に見放されましたからね。私が存在する意味など、もうどこにも……」

「神様は、あなたを見放してなんかいません！」

反射的に、声の主《ぬし》――フラグちゃんを見上げる。

その表情には憎しみどころか、こちらを気遣うような色さえあった。

「『プログラムの墓場』で危機に陥《おちい》った私たちを、神様が必死に助けたのは、どうしてか分かりますか」

「貴方《あなた》たちが大事だからで……」

「それもあるでしょう。でも」

フラグちゃんは膝《ひざ》をつき、目の高さを合わせてきて、

「あなたに『妹殺し』の罪まで重ねさせたくなかったからだと思います」

「！」

そういえば。

扉《リンク》を作ることの不可能さを訴えた際、神様とこんな会話をした。

『〝大切な誰かのため〟って考えると、限界を超えられる事だってあるんだよ』

『……№２６９たちのために、ですか』

『うん。でも、それだけじゃ……』

（『大切な誰か』には、私も含まれていたというのですか？　そんな、まさか……）

そして、更に驚くべき事が起こった。

フラグちゃんたち四人は、うなずき合い……

牢《ろう》の扉に鍵をさしこみ、解錠《かいじょう》したではないか。

「神様から、鍵を渡されていたんです。貴方を牢から出す時期は、私たちに任せると」

「わ、私のことが、憎くないのですか？」

「その気持ちが全くない、といえば、嘘《うそ》になりますが」

フラグちゃんは鉄格子《てつごうし》の扉を引き、

「No.1さんは、誰よりも神様に愛されたかったんですよね？」

その通りだ。

だから目をかけられるNo.269が、許せなかった。

「私も、愛する人が別の人と仲良くしていたら……嫉妬を抱いたことが、何度もあります。だから貴方の気持ち、理解できなくはないです。それに、なにより」

フラグちゃんは目を閉じて、

「モブ男《お》さんに『バグ』を植え付けてくれたからこそ、『自我』が生まれ……好きな人と出会うことができました。そこは感謝しています」

失恋フラグが「まあ、確かにね」と不機嫌そうに呟《つぶや》く。

フラグちゃんが、小さな手を伸ばしてくる。

「さあ出ましょう、No.1さん」

……神様がこの子に期待した理由が、はじめて分かった気がした。

**『死神No.269は、うまく成長すれば今までにない〝優しい死神〟になれると思うんだ』**

No.269は、死を前に絶望する者にも、こうして手を差し伸べるのだろう。

No.1はフラグちゃんの手を取り、しゃくりあげる。

「ごめんなさい……ごめんなさい……!」

謝罪の声が、驚くほど素直に口から漏れた。

No.269が背中をさすってくれた。

⚑

その部屋の、ドアの外。

神様は、中の様子に聞き耳を立てていた。No.269の優しさが、No.1の凍《い》てついた心を溶かしたようだ。

　フラグちゃんはやはり『今までにない死神』になれる可能性を持っている。

「君ならきっと、なれると思うんだよ」

　目を閉じて、つぶやく。

「僕が求める『慈愛《じあい》の死神』に……」

「なにイイ空気に、浸ってるんですか」

　突然の冷たい声。

　いつのまにか№13が、目の前に立っている。怒りの形相《ぎょうそう》だ。

「元はといえば、貴方《あなた》が№２６９に目をかけすぎたことが、今回の事態を招いたともいえるんです。反省していただきます」

「はい……すいませんでしたぁ……」

　アロハシャツの襟元を掴《つか》まれ、ズルズル引きずられる。長い長いお説教がはじまるのだろう。

　部屋の中を一瞥《いちべつ》すると、嗚咽《おえつ》する№１が見えた。

　彼女は大きな過ちを犯した。だがギリギリのところで一線は超えなかった。

　償いは必要だ。でもまだ、やり直せる。

（僕も父親としては、まだまだなんだ。だから一緒に、成長していこう）

⚑

№1は牢《ろう》から出る。

改めて、四人へ頭を下げた。

「本当に、申し訳ありませんでした」

フラグちゃんは既に許しているので、ハラハラしながら他の三人を見守る。

失恋フラグがそっぽを向いて、

「モブくんを消滅させようとしたのは腹立つけど……たしかに彼の自我はアンタのおかげだし、なにより……」

両手を組み、オッドアイを輝かせる。

「死のギリギリから、モブくんが私を救ってくれたとき、最っ高だった！　あんな体験できたし、まあ許してあげるわ！」

「うむ、過ちは許すべきじゃ」

生存フラグが、ニッコリ笑う。

フラグちゃんは、嫌な予感がした。彼女のこの表情は、メチャクチャ怒っているときのものだ。

拳をボキボキと鳴らし、

「……と言いたいところじゃが、わしはコイツらほど優しくない……死霊どもに追い回されるわ、クレーンにボコボコにされるわ……ケジメは必要じゃ。そうであろう、恋愛フラグ？」

「だよね～」

「初めて意見が一致したな。しっかり、こってり、おしおきしてやろう」

恋愛フラグは手をかざし、天界アイテムを次々に取り出す。

『フクカエール』、『恋の矢』、『メタモルドリンク』、『ドＭ錠《じょう》』、『ネコネコニナール』、『惚《ほ》れ薬Ｚ』……恐ろしい数だ。

「どれを使おうかなぁ。迷うけど……まずコレ！」

恋愛フラグは『フクカエール』のシャッターを切る。

「ぎゃあああ――――!?　なんですかコレ!?」

№１が悲鳴をあげるのも無理はない。ネコミミに肉球、尻尾《しっぽ》などの獣人《じゅうじん》スタイル。しかも露出度がやたらと高い。

可愛《かわい》いもの好きの生存フラグはたまらないようだ。スマホのカメラを向けて、

「なんという逸材《いつざい》……！　けほん。これは仕置きじゃ。キサマのためを思っての事じゃ」

体罰教師みたいなことを言いながら、シャッターを切りまくる。

(く、屈辱！　でも私がしたことを考えたら、こんなのむしろ楽な方……ぎゃ――――！)

再び『フクカエール』を使われた。今度は幼稚園児が着るようなスモックである。念入《ねんい》りなことに、胸元には『しにがみ№1』という名札までついている。

「№1よ、目線をよこせ。そう……その上目遣《うわめづか》いじゃ。いいぞ……！」

生存フラグが息を荒げ、連写機能で撮影する。

恋愛フラグは、底知れない笑みで、

「さあどんどん、キミの黒歴史を増やそうか。二度とボクに、逆らえないようにね……」

(ひぃいいい……!!)

こいつだけは敵に回してはいけない。

バニーガールの恰好《かっこう》をさせられつつ、№1は学んだのだった。

## ⚑モブ男《お》の考え

それから一時間ほど後の、謁見《えっけん》の間。

「……全く寝れないぞ」

モブ男は、小汚い布団の中でつぶやいた。

『究極の選択』が脳内でグルグルと回る。

なにより場所が最悪だ。

こんなだだっ広い場所に、布団一つ敷いて寝るって……落ち着かないにも程がある。

玉座に座り『王様ごっこ』などもしてみたが、すぐに飽きた。

「ちょっと散歩でもするか」

謁見《えっけん》の間の入口の、やたらでかい扉を押し開ける。

すると、桃色の髪の少女とバッタリ会った。

「あ、師匠」

「やっ、モブ男《お》くん」

楽しいことでもあったのか、表情がホクホクしている。

「ちょっと、お話ししない？　とっておきの場所に案内してあげるからさ」

「大浴場を、覗《のぞ》き見《み》できる場所とか？」

モブ男を無視し、恋愛フラグは歩き出した。

辿《たど》り着《つ》いたのは、宮殿のテラスだ。

「おお……」

驚くほど大きな月。眼下《がんか》には月光に照らされた、どこまでも続く雲海《うんかい》。改めてここが『天界』だと実感する。

モブ男は、おそるおそる手すりから下を見て、

「こりゃあ凄《すご》いや。高い所って気分がいいなあ……俺、タワーマンションとかに住もうかな」

神様いわく、人間界で暮らす決断をすれば『希望通りの人生』を送れるという。

「大金持ちでスタートすれば、人生楽勝でしょ」

「モブ男くんのことだから、すぐにお金なくなるよ。いつも経済的に破綻するもの」

「……」

今までの仮想世界で、モブ男が破滅しなかった事など一度もない。

モブ男は強がるように笑い、

「そ、そんなことないよ！　今度こそ俺は、しっかり計画的にやるのさ！」

「はいそれ、失敗するフラグ～」

恋愛フラグは意地悪く笑って、

「しかも、今度こそ人生は一度きり。一度破滅したら、今までみたいにやり直しはできないよ」

「それもきついなあ」

モブ男は頭を抱えた。

それから、ハッとして、

「この会話の流れ……師匠も俺に、天界に残って欲しかったり？」

「バレたかぁ」

恋愛フラグが、苦笑して頬《ほお》をかき、

「天界を舞台に、キミがどんな騒動を起こしていくか、とっても楽しみだからね」

師匠らしいな、とモブ男《お》は笑った。

失恋フラグも、残ることを強く望んでくれている。

きっと生存フラグは、モブ男の決断を尊重してくれるだろう。

だが。

(フラグちゃんは、どうなのかな)

■フラグちゃんの考え

フラグちゃんは、自室のベッドに横たわっていた。

「ジー……」

心配そうに頬を舐《な》めてくるのは、トカゲのぬいぐるみのような生き物。ペットである天界獣・コンソメ丸《まる》だ。

フラグちゃんは、コンソメ丸を持ち上げて、

「ねぇ、私、どうすればいいのかな……」

「ジー？」

つぶらな瞳が、不思議そうに見つめてくる。

本音は、もちろんモブ男に残ってほしい。

だが……その気持ちをぶつけるのを、ある理由から躊躇《ちゅうちょ》してしまうのだ。

コンコン

扉がノックされた。

「おい、死亡フラグ」

（この声は）

扉をあけると、生存フラグがいた。もこもこした可愛《かわい》らしいパジャマを着ている。

「夜分《やぶん》すまんな」

「いえ……何かご用ですか？」

生存フラグは何故《なぜ》か、しかめっ面だ。

銀髪をガリガリ掻《か》いてから、意を決したように見つめてきて、

「こ、このままでよいのか？」

「え？」

「もしモブ男《お》が人間界で生きると決めたら、共にすごす最後の夜となるじゃろう。それをウジウジして終わらせてよいのか？」

「！」

目の覚める思いだった。

迷いは消えない。だが確かにこのまま漫然と過ごせば、後悔するだろう。

深々と頭をさげる。

「ありがとうございます、生存フラグさん！」

「いいから、さっさと行け」

気合いを注入するように、強く背中を叩《たた》いてくれる。フラグちゃんは感謝し、駆け出した。

その小さな後ろ姿を、生存フラグは見つめながら、

「まったく、世話の焼ける……むっ？」

驚いた。

部屋から飛び出してきたコンソメ丸《まる》が、頬《ほお》をペロペロと舐《な》めてきたではないか。

主人を元気づけてくれたことの、礼を言っているようだった。

生存フラグは碧《あお》い目を細め、

「おぉ、愛《う》い奴《やつ》。久々にわしと遊ぶか？」

側室《そくしつ》に抱きつかれた、殿様のようなことを言う。

知らず知らずのうちに『優しく』なっていることに、彼女自身気付いてはいなかった。

⚑

フラグちゃんは、謁見《えっけん》の間の扉をあけた。

モブ男が眠っているであろう、小汚い布団へそろそろと近づく……

が、いない。

「大浴場でも、覗《のぞ》きにいったんでしょうか？」

ナチュラルに失礼な想像をしつつ、帰りを待つことにした。

「……」

ちらちらと布団を見る。

今日、モブ男とは本当に色々なことがあった。なので余計に気になってしまう。

「あ～、なんか急に眠くなってきましたね～」

激烈な大根芝居をしつつ、布団にもぐりこむ。

汗臭く、カビ臭く、とにかく臭いが、不思議と安心した。

（そういえば、以前もこんなことをしましたね）

仮想世界で、モブ男《お》のアパートを訪れたとき……

彼が留守だったため、布団にもぐりこんだことがある。その後に来た失恋フラグも同じ事をした。

失恋フラグは『サイコメトロンX』という、サイコメトリー能力を得られる天界アイテムを飲んでいた。

物体に触れることで、以前に触った人の残留思念《ざんりゆうしねん》を読み取るものだ。布団に残ったモブ男の思念を、堪能《たんのう》しようとしたのである。

(でも私の残留思念を読んでしまい、喧嘩《けんか》になったんでしたね)

『それにこの布団かなり臭いし、枕はフケだらけだわ。アンタが寝たからでしょ!』

『濡《ぬ》れ衣《ぎぬ》にも程がある!』

そんな思い出に苦笑したあと、考える。

(モブ男さんが、天界に残る決断をしたら……)

神様は、こう言っていた。

『これまで通り、仮想世界で皆の練習相手になってもらいたい』

そうなれば。
またモブ男は死亡フラグを立て、死ぬ。
今までの仮想世界でも、彼は無数の死を体験してきた。窒息死、焼死、病死、転落死
……その全てが、苦しかっただろう。
（私も、『プログラムの墓場』で痛いほど理解しました。死の恐怖というものを……）
無敵の力を失ったことで、初めてわかった。
身体《からだ》を走る痛み。死の淵《ふち》の絶望感。仲間と死別する恐ろしさ。
あんなものを、モブ男は数え切れないほど味わったのか。想像すらできない。
（『天界に残って欲しい』とモブ男さんに言うことは……）
『また、何度も死ね』ということだ。
それはあまりにも、残酷ではないだろうか。
（それなら人間界で『理想の人生』を送った、方が……っ！）
涙が頬《ほお》を伝う。
モブ男を大切に思うからこそ、また無限の痛みを味わわせる訳にはいかない。
ギイイイ……

大扉が開く音がした。

（え、モブ男《お》さん!?）

焦る。

早く布団から出なければ……と思うが、涙はなかなか止まってくれない。

モタモタしているうちに、足音が近づいてくる。

そして。

いきなり布団に飛び込み、抱きついてきたではないか！

（ちょ、モブ男さん!? そんなダメ……って、なんか柔らかい。それにいい匂いが）

「モブく――ん！　あなたが人間界に行かないように、既成事実《きせいじじつ》を作りましょう！」

（えぇぇぇぇ!?　失恋フラグさん!?）

フラグちゃんの胸に、激しく頬《ほお》ずりしてくる。

「あぁ、このたくましい胸板《むないた》……あれ、全然たくましくないわね。胸板というより、洗濯《せんたく》板《いた》のような……」

「だ、誰が洗濯板ですかー！」

フラグちゃんは勢いよく起き上がった。

「私の胸は特選メロンです！」

「ち、ちんちくりん⁉」

狼狽《ろうばい》する失恋フラグ。実に色っぽいネグリジェ姿だ。

そのたわわな胸は、まさに特選メロン。フラグちゃんの、イマジナリーメロンとは大違いである。

「寝込みを襲うなんて、何考えてるんですか！」

「う、うるさいわねっ。アンタみたいに自分の気持ち押し殺して、ウジウジ悩んでるよりマシよ！」

フラグちゃんは、失恋フラグがまぶしかった。彼女はいつも、自分に嘘《うそ》をつかない。

「……確かに、そうでした」

「？」

「ですが、もう迷いは消えました」

「ふうん……」

オッドアイで、まじまじと見てきて、

「アンタが明日《あした》なにを言うか、楽しみに――」

「フラグちゃん、失恋フラグちゃん、俺の布団で何してんの？」

「「きゃあ⁉」」

二人は悲鳴をあげた。

モブ男《お》が不思議そうに首をかしげ、その隣では恋愛フラグが口元に手を当てている。

「わ～、二人とも、だいた～ん」

続いて大扉から、死神№13が現れた。

「いつまで騒いでいるのですか！　それに男女がこんな時間に一緒だなんて。風紀の乱れは許しません！」

「ひぃ！　修学旅行の先生⁉」

モブ男は速攻で土下座した。下っ端《したっぱ》としての本能が『この人には逆らうな』と告げている。

恋愛フラグが肩をすくめて、

「仕方ないか。二人とも、もう寝よ」

「はい……」「れんれんがそう言うなら……」

女性たちは、謁見《えっけん》の間を出て行こうとする。

モブ男は乱れた布団を見つめ、恋愛フラグを呼び止めた。

「師匠」

「ん？　なに？」

声をひそめて、

「一つ、お願いがあるんだけど……」

## ▶決断

翌日。

謁見の間にはモブ男、神様、死神№13。

それにフラグちゃん、生存フラグ、恋愛フラグ、失恋フラグが集まっていた。

神様が言う。

「さて、モブ男。結論を聞かせてもらおうか」

「あの、神様！」

失恋フラグが、ピンと手を挙げる。

「その前に、アタシたちの意見も言わせてください！」

「なるほど――モブ男、いいかな？」

うなずくモブ男。彼の前に、失恋フラグが歩いてくる。

「昨日も言ったけど、アタシは残って欲しいわ」

「失恋フラグちゃん……」

「大好きなモブくんと、天界で暮らしたい。別れ別れになるなんて、ぜっっっっったいに嫌!!」

モブ男の胸が熱《あつ》くなった。

異性として見ている訳ではない。だがここまで真っ直《ます》ぐな好意を向けられれば、嬉《うれ》しいに決まっている。

失恋フラグは、オッドアイをとろけさせて、

「同じ天界に住めば、きっとストーキングも捗《はかど》るわ。寝てるモブくんを一晩中観察したり、廊下に落ちた髪の毛を収集したり……」

「は〜いそれまで。それ以上続けるとモブ男くん、人間界に逃げたくなっちゃうよ」

モブ男の気持ちを代弁しつつ、恋愛フラグは続けた。

「ボクも残って欲しいな。なんたってキミは最高のオモチャだからね。手放すのは惜しすぎるよ」

「師匠らしいね」

モブ男は苦笑した。

生存フラグが腕組みして、

「わしはどちらでも構わん——というより、モブ男の決断に任せる」

「……」

「ただ、一ついえることは」

赤くなった頬《ほお》をかき、

「キサマと過ごした年月は、悪くはなかった……ぞ」

「おお、ついにデレ期が」

モブ男のケツに、軽く蹴りを入れる生存フラグ。

そして。

皆の視線が、フラグちゃんに集まる。

彼女はモブ男の前まで歩いてきて、見上げてきた。

「モブ男さん……」

「うん」

「これまで一緒に、数え切れないほどのフラグ回収の練習をしてきましたね」

「……そうだね」

「本当に充実した日々でした。心の底から、感謝しています」

フラグちゃんは微笑《ほほえ》んだ。

そして告げる。

「これからは、人間界で幸せに生きてください」

「ええ!?」

失恋フラグが声をあげた。

「……馬鹿が」

生存フラグは吐き捨てる。友人の強がりを、察しているのだろう。

フラグちゃんが涙を流さないのは、昨夜泣き尽くしたからに過ぎない。

モブ男《お》は金色《こんじき》の瞳を見下ろして、

「いいの？　それで」

「はい。貴方《あなた》にはとても大切なものをいただきました」

沢山の経験と思い出。

『君が俺の死神で、よかったと思うよ』という言葉。それらがあれば、くじけても何度だって立ち上がれる。

「私はもう、立派な死神になれたかもしれませんから……」

モブ男は天を仰いだ。

そして、ゆっくりと口を開く。

「昨日の夜、俺は師匠から、天界アイテムを借りたんだ」

差し出した掌《てのひら》には、薬瓶《くすりびん》が乗っている。

瓶には『サイコメトロンX』と書かれていた。

フラグちゃんは、後ずさりした。

「ま、まさか……っ」

「これを飲んで、布団に残った君の残留思念《ざんりゅうしねん》を、読み取らせて貰《もら》ったよ。そこからは、痛いほどの優しさが伝わってきた」

モブ男に、天界に残って欲しい。

だがそれは、また練習台になって何度も死ぬという事。そんな目にあわせたくない――

「フラグちゃんはその本音を押さえつけ、さっき『人間界に行け』と言ったね」

「……」

「だから君は、死神として未熟で、ポンコツで、落ちこぼれのままさ」

モブ男は、フラグちゃんの両肩に手を置いて、

「俺を気遣《きづか》う『優しさ』でいっぱいなんだから」

「！」

「君はまだまだ、全然死神らしくないよ。だからこの先も、俺でいっぱい練習しなくちゃね！」

フラグちゃんが、すがりついてくる。

「い、いいんですか……また何度も死ぬのに……」

「落ちこぼれのくせに、何を言ってるのさ」

モブ男《お》はニカッと笑い、

「俺はこれからも、見苦しく生き延びようとするからね！　死亡フラグを回収できるものなら、やってみなよ！」

神様が尋ねてくる。

「モブ男、本当にいいのかい？　これはたった一回きりの権利だよ？　君が天界に残ると決めたのなら、もう二度と人間界に行くことはできない」

「いいんです、神様。ニート生活もハーレムライフも捨てがたいけど……マジ捨てがたいけど……」

フラグちゃん、生存フラグ、恋愛フラグ、失恋フラグを見て、

「やっぱり俺は、この四人と一緒にいたい。だからこの先も、練習相手として天界に残ります」

「そうか。それも素敵な選択だね。天界は君を歓迎するよ」

「あざっす！」

「天使や死神と同様、君にも役割《ロール》が必要だね。そうだな——」

神様は人差し指を立てて、

「改めてキミを『人間№1』と名付けよう」

「『イケメン№1』じゃ駄目ですか？」

神様は迷わず流し、こう続けた。

「君の役割は『練習台《トレーナー》』。昨日言ったとおり仮想世界で、皆の練習相手になってもらう」

「はい！」

かつてなく、いい返事をするモブ男。

「今までと変わるのは、仮想世界と天界を自由に出入りできるということ。ただし、気をつけてね」

「何がです？」

「あの仮想世界では、死んでしまっても元通りになる。だが、この天界で死ねば、本当に命の終わりだ」

「そういうの、昨日のうちに言ってくれませんかね……？」

頬《ほお》をひきつらせるモブ男《お》。

そこへ、フラグちゃんが話しかけてきた。

「モブ男さん……本当にいいんですか？　本当に後悔しないですか？」

「するはずないだろ！」

「モブ男……さん……」

フラグちゃんの頬が、ぽーっと染まる。

モブ男は鼻の下を伸ばして、

「天界に美女、いっぱいいるしな～。しかも神様以外、男は見あたらなかったし」

「ああ……そういう理由……」

「これもしかして、ハーレムなんじゃ？　ご挨拶してきまーす！」

謁見《えっけん》の間を飛び出すモブ男。

オチは見えていたので、フラグちゃんたちは何も言わなかった。

五分後。

案の定、ボコボコになって戻ってきた。きのう全裸で走り回ったのだから、当然だろう。

神様の足元で土下座し、

「やっぱり、人間界で生きます！　ハーレムウハウハ生活したいです！」

「君さっき、凄《すご》くイイ台詞《せりふ》言ったじゃないか」

「場の雰囲気に酔っただけです！　生存フラグさんが『さらばじゃ――我が最愛の友人たちよ』と言ったみたいに」

「キサマ蒸し返すでない！」

モブ男の頭を、生存フラグがふみしめる。そんな状態でも媚《こ》びを売るため、神様の足を舐《な》めているのはある意味すごい。

そこへ。

フラグちゃんが大鎌を構えて、にじりよる。

「『やっぱり俺は、この四人と一緒にいたい』とか言ったのに……」

「ちょ、待って、フラグちゃん。大鎌しまおう？　今やられると、俺マジで消滅するってば！」

「問答無用！」

追いかけっこが始まる。

神様は困ったように頭をかき、No.13は苦笑している。

生存フラグは肩をすくめ、恋愛フラグはお腹《なか》を抱えて笑い、失恋フラグはモブ男を助けようとする。

（ああ）

フラグちゃんは、追いかけながら考える。

モブ男《お》は自分がプログラムだと知り、消滅し、人間として生まれ変わり……
色々なものが変わってしまった。
だけど、大切な日常は取り戻すことができたのだ。
フラグちゃんは笑顔で、ピコピコハンマーをモブ男の頭に当てた。

# 十二話　これからの暮らしをどうするのか？

ぴこん、とピコピコハンマーがモブ男を叩《たた》いたとき。

神様が言った。

「ところでモブ男を、どこで寝泊まりさせようか」

「え？」

「いつまでも、この謁見《えっけん》の間に寝かせるわけにもいかないしね。天界で生活するなら、どこか部屋が必要だろう」

確かに、と皆がうなずいた。

そこに手を挙げたのは、死神No.13だ。

「私に、いい案があります。彼にピッタリの場所です」

「No.13さん、なんて親切な！　もしかして俺に気が……」

イタめの勘違いをするモブ男が、案内されたのは……

ガシャン。

№1が閉じこめられていた、牢《ろう》だった。

モブ男《お》は鉄格子《てつごうし》を掴《つか》んで叫ぶ。

「ちょ、なんでですかー！」

フラグちゃんもさすがに、抗議した。

「№13さん、これは気の毒すぎます」

「モブ男はこれまで風呂のぞき、全裸での徘徊《はいかい》など、わいせつ行為を多々《たた》してきたと聞きます。死神や天使の安全のために、ここが最適と考えます」

「そうかもしれませんね」

「フラグちゃん、あっさり納得しすぎじゃね⁉」

モブ男は叫んだ。

フラグちゃんだけでなく、生存フラグも、恋愛フラグもうなずいている。

このままでは、マジでここが住処《すみか》となるかもしれない。

こうなったら。

（権力者——つまり神様へ、媚《こ》びを売るしかない！）

モブ男はいつものような土下座……ではなく。

両こぶしを口元に当て、気味の悪い裏声を作り、

「ねーパパー」

「神様は、俺の産《う》みの親だからパパでしょ？　ここから出して？」

「パ、パパ？」

「息子からのおねだり……悪くない……！」

神様はテンションを上げ、牢の鍵をあけた。

「わーい、パパ大好き！　あと俺、いい部屋ほしいよー！」

「よーし、パパ、がんばっちゃうぞー」

世界一キモいパパ活《かつ》に、生存フラグが頰《ほお》をひきつらせている。

「モブ男はどんな部屋がいいのかね」

「天使寮か死神寮のどっちかに住みたいです！　女性ばっかりみたいですし、むふふ……」

神様は首を横に振った。

「残念ながら、いずれの寮も男子禁制なんだよ」

「じゃあ天界アイテムで、宮殿の床とかに変身させてくれませんか？　天使や死神のパンツ見放題ですし」

やっぱり牢にぶち込むのがいいのでは、と失恋フラグ以外の全員が思った。

神様は頭をひねってから「ついてきたまえ」と歩き出す。

宮殿の廊下を歩いていると……

モブ男が、ふと足を止めた。

妙なものを見つけたからだ。廊下の中央に扉が置かれ、その表面では、無数の歯車が絶え間なく動いている。

神様が説明してくれた。

「これは仮想世界への入口さ。№２６９たちはここを通って、君のいた世界へ向かっていたんだよ」

「ここから……」

モブ男《お》とフラグちゃんたちは、思い出に浸ってしみじみする。

神様は少し待ったあと、皆を促《うなが》して再び歩く。

宮殿の扉の一つをあけて、

「モブ男の部屋に、ここはどうかね」

広さは十畳くらいだろうか。ホコリっぽく、色々なものが雑然と積まれている。

「倉庫代わりに使っているのだが、掃除すればまだ使えるだろう」

「おお、結構広いですね。窓もでかくて、日当たりよさそう」

「では、決定でいいかな？」

モブ男がうなずく。

フラグちゃんと、失恋フラグが手を挙げた。

「私、お掃除お手伝いします」

「アタシもアタシも！」

「待って下さい！」

皆は――特に神様は、驚いた。

部屋に入ってきたのは、死神No.1だったからだ。仮面も甲冑《かっちゅう》もつけていない。

今回の事件の黒幕が、何の用であろう。何故《なぜ》か顔色が悪く、目の下にはクマがある。

神様は身をかがめて、

「ど、どうしたんだい？　かなり疲れているようだが」

「徹夜で、仮想世界を直していたもので。今からでも、トレーニングに使えます」

「え、あんなにバグがあったのに!?」

改めて神様は、No.1の能力に目を見ひらく。

だが更に驚愕《きょうがく》したのは、この言葉だ。

「モブ男の部屋の掃除、私にやらせてください……こんなことで、罪滅ぼしになるとは思いませんが」

「君は……たしか、死神No.1？」

声をかけるモブ男に、No.1は身を縮めた。バグを植え付けたことを、糾弾されると思ったのかもしれない。

「つまり君が……俺のママか」

「？　ママ？」

「だって俺は、神様と№1との共同作業でできたんだろ？　だったらママじゃないか」

「私がママ……ということは神様がパパ！　ほあぁあ」

甘い妄想をする№1。

だがすぐに首を横に振って、

「そ、そうではなく！　あなたは私が憎く――」

「でも残念だなー。ママが君みたいなちびっ子じゃなく、むっちむちだったら、思う存分甘えたのに」

「だ、誰がちびっ子ですか！」

両手を振り上げる№1。

その頭に、モブ男は手をポンと乗《お》せて、

「んじゃ掃除、お願いできる？」

「あ、はい……」

№1は呆然《ぼうぜん》とうなずき、

「で、でも私は、あなたに謝らなければ」

「もういいよ」

モブ男が外に出たので、No.1を残して皆も続いた。神様が口を開く。

「モ、モブ男、No.1を許してくれるのかい？」

「許すも何も……俺、今まで仮想世界で何度も何度も殺されてきましたからね。犯人全員憎んでたら、キリないですし」

（君は……大物か馬鹿の、どちらかだね）

「No.1がドスケベボディだったら、『身体《からだ》で償ってもらいましょうかぁ？』とか言ったかもしれないですが」

馬鹿の方かもしれない、と神様は思いつつ、

（ともあれ、No.1が素直に謝罪したのはいいことだ。彼女もこれから、モブ男やNo.269たちと良い繋《つな》がりができればいいが）

そのとき、フラグちゃんが皆を見まわして、

「あの、モブ男さんの歓迎会をしませんか？　天界の、新しい住民になってくれたのですから」

「あー、それアタシが提案しようと思ってたのに！」

失恋フラグが頬《ほお》を膨らませながらも「もちろん賛成よ！」と続ける。

生存フラグが腕組みして、

「じゃが、どこでやる？」

「しーちゃんの部屋とか、いいんじゃない？」

「え!?」

フラグちゃんは、うろたえた。モブ男《お》を部屋に入れる事になるからだろう。

少し考え、こう告げた。

「私が言い出しっぺですし……わ、わかりました！」

🏴

死神寮。

フラグちゃんは自室前に、生存フラグ、恋愛フラグ、失恋フラグ、モブ男、神様、死神No.13を連れてきた。皆、食材や飲み物が入った袋を持っている。

No.13は大きな袋を、フラグちゃんに手渡してきた。

「私は仕事がありますので、パーティに出ることができません。これだけ置いて、戻ります」

中には〇ーゲンダッツ、プロテインバー、スイーツ、コンソメ丸《まる》用のポテチまで、皆の好物がパンパンに入っている。

「あ、ありがとうございます」

「貴方《あなた》たちが無事で、本当によかった」

№13は、うつむいて、

「今回、私は大して役に立てませんでしたが」

「そんなことないです！　№13さんが以前に言ってくださった、『大事なのは、最後まで諦めないことです』という言葉が……力を与えてくれました」

「そうですか……」

№13は嬉《うれ》しそうに微笑し、身をひるがえす。

「楽しんでください」

フラグちゃんはその背中に、深々と頭を下げた。

それから、自室のドアをあける。

「おお……ここで、フラグちゃんは暮らしてるのか」

モブ男が中を見まわす。ベッドにクローゼット、小さな本棚、中央には座卓が置かれている。

「あ、あまりジロジロみないでください」

フラグちゃんは、どうも落ち着かない。好意を寄せる相手が部屋に上がれば、無理もない。

「結構きれいにしてるね……って、なにこいつ？」

モブ男《お》が目をとめたのは、ベッドで丸《まる》くなる生き物だ。

「私のペット、天界獣のコンソメ丸です」

「ネーミングセンス……」

モブ男は、コンソメ丸をツンツンしながら、

「今日から、俺も天界の仲間になったんだ。よろしくな」

「ジー！」

「こら、くすぐったいぞ」

モブ男の頬《ほお》を舐《な》めるコンソメ丸。

それを見て、失恋フラグが歯ぎしりする。

「ぐぬぬ〜！　あのトカゲ！　モブくんをペロペロするなんて！」

「ペットに嫉妬するでない……これコンソメ丸、そんなもの舐めるな。腹を壊すぞ」

生存フラグがコンソメ丸を抱き上げる。

この部屋には簡易的だが、キッチンがある。失恋フラグがエプロンをつけ、

「アタシが腕によりをかけて、料理を作るわ！」

「ボクも手伝うよ」

「え、珍しい！　れんれんが一緒にキッチンに立ってくれるなんて」

「……まあ、たまにはね」

恋愛フラグなりに、平和をかみしめているようだ。

生存フラグもエプロン姿になる。

その後ろ姿に、モブ男が鼻の下を伸ばして、

「包帯巻いただけの人が、エプロンを着けるとかえってエロいな……」

「やかましい」

生存フラグがお玉を投げて、モブ男の頭に命中させる。

フラグちゃんも立ち上がった。

「私もお料理手伝います」

「キサマは座っておれ。モブ男と、久々のゆっくりした時間を楽しむがよい」

「生存フラグさん……」

フラグちゃんが、気遣《きづか》いに感動していると。

恋愛フラグがトマトを手に取りながら、

「そんなこと言って。せーちゃんは、しーちゃんにダークマターを作らせたくないだけだよね」

「え、違いますよね生存フラグさん？　生存フラグさーん？」

生存フラグは、聞こえないふりをして調理をはじめた。

⚑

モブ男がコンソメ丸《まる》と遊んだり、タンスを漁《あさ》ってフラグちゃんにどつかれたりしている
うちに……

「お待《ま》たせー！」
料理が完成し、座卓に並べられていく。
からあげ、カルパッチョ、ラザニア、シーザーサラダ、No.13が差し入れたスイーツや、
コンソメ丸用のポテチ。
「もちろん、モブくんの大好物のカレーも用意したわ！」
モブ男はカレーが好物だと教えた覚えはなかったが、『失恋フラグちゃんなら知ってる
か』と納得した。
互いのコップに、ビールやワインを注《そそ》ぎあう。生存フラグは傷が完治していないので、
ノンアルコールカクテルだ。
そして神様が立ち上がり、挨拶する。
「モブ男、天界へようこそ。最初は慣れないことはあると思うが、僕たちは全力でサポー
トするつもりだ」

「はい」

「わからないことがあれば、なんでも聞いてくれ」

「生存フラグさんと、№13さんのスリーサイズは……」

神様はガン無視し、

「では、天界の新しい仲間に乾杯」

「「「かんぱーい！」」」

皆がグラスを合わせる。

「ううっ」

モブ男はビールをあおった途端《とたん》、涙ぐんだ。

隣のフラグちゃんが驚いて、

「ど、どうしたんですか？」

「俺が主役のパーティなんて、今まで一度もなかったからね。合コンの人数合わせや、イケメンの引き立て役ばっかで……」

「悲惨な経験……」

フラグちゃんはモブ男にお酌《しやく》をする。

一方失恋フラグは、珍しく真面目《まじめ》なトーンで、生存フラグに語りかけていた。

「あのね、『仮想世界の深層』で話したことについてだけど」

「む？」

頬《ほお》を染めて、おずおずと問う。

「これからアンタのこと『せーちゃん』って呼んでいい？」

「……むろんじゃ」

ぱあっと、失恋フラグが笑顔になる。

「嬉《うれ》しいわ、せーちゃん！」

「ふっ、大げさなヤツじゃ」

鼻で笑う生存フラグだが、その表情は柔らかい。

「せーちゃん、一日五十回はＬＡＮＥ《レーン》送るね！　あとモブくんへの恋の悩み、毎晩一時間は聞いてくれると嬉しい！」

「キサマ重いな……」

生存フラグに、恋愛フラグが「わかるでしょ？」と耳打ちしてくる。早くも結構飲んでいるのか、頬がやや赤い。

彼女のグラスに、生存フラグは赤ワインを注《つ》いでやりながら、

「『仮想世界での深層』での話といえば……キサマにしては珍しく、心の底から必死じゃったな」

『あ、や……やめ……ああああああっ!!　あああぁぁぁぁぁ畜生ぉおおおおおお！』


「はは……まさかボクが、あんな声を出すとは。自分でもびっくりだよ」

酒の力もあるのか、恋愛フラグは素直に苦笑した。

生存フラグはグラスをかたむけ、

「あのときキサマは、うすのろのもとへ『ソースコードの断片《だんぺん》』をすでに送っていた。ならばモブ男《お》が復活して、我々四人が助かることもわかっていたはず……」

恋愛フラグは、首を横に振る。

「あの時は、本当にやばかったんだよ。だって神様がモブ男くんを復活させるまで、どれほど時間がかかるか分からないでしょ？」

「確かに」

「だから最後に残ったしーちゃんに、できる限り粘るよう言い残したんだ。少しでも生き残る確率が上がるように」

恋愛フラグは、失恋フラグを一瞥《いちべつ》する。いつものように、モブ男にウザがらみしている。

「……まぁ、みんな無事でよかった」

「全くじゃ」

恋愛フラグと生存フラグは、改めて乾杯した。

一方、モブ男は神様に酌《お》をしていた。

「パパ、さぁさぁ飲《しゃく》んで飲んで」

「息子からの酌……いいね……！」

「でさー、俺、欲しいものがあるんだけど……」

ドラ息子ぶりを発揮するモブ男。

その隣で苦笑するフラグちゃん。そのポケットのスマホが鳴った。テレビ電話の着信のようだ。

誰だろう、と思って出ると……

そばかす顔の女性が映った。

「え、モブ美《み》さん⁉」

モブ美は、仮想世界の住人だ。天界に来ることはできないため、電話をかけてきたのだろう。

「いまはパーティの最中かしら？　生存フラグさん、恋愛フラグさん、失恋フラグさんにカメラを向けてくれない？」

「あ、はい」

フラグちゃんは言われた通りにする。

モブ美が皆に、深々と頭をさげた。

「みんな、本当にありがとう。モブ男を救ってくれて」

その声には、深い感謝がこもっている。

フラグちゃんは尋ねた。

「モブ美さんは……人間になろうとは思わないのですか？」

モブ美も、モブ男同様の『バグ』があり、自我を持つ存在だ。神様に頼めば人間になることも可能かもしれない。

そうすれば、望み通りの人生を送れる。大女優になることもできるはずだ。

だがモブ美は、微塵《みじん》も迷わず、

「いいえ。私、仮想世界で色々な役をするのが好きだし……それに人間界には、アイツがいないでしょう」

『アイツ』が誰かは、言うまでもないだろう。

(やっぱりモブ美さんは、モブ男さんのことを……)

「ふん！　ちんちくりんだけじゃなく、アンタにだって負けないわ！」

失恋フラグが、モブ美に闘志を燃やしたとき。

すでにかなり酔っているモブ男が、

「ねえ師匠、カラオケしたいんだけど、何かいい道具ない？」

「もちろん」

恋愛フラグが手をかざすと、マイクとディスプレイ、巨大なスピーカーなどが飛び出してきた。

「じゃ～ん。天界アイテム『森羅万象《しんらばんしょう》カラオケ』。世界中の全ての歌を収録したものだよ。もちろん歌うたびに著作権料は振り込んでるよ♥」

「ほう」

「『全ての歌』だから、せーちゃんがお風呂に入ったときの鼻歌とかも入ってるよ？」

「んな⁉　わしはそんなことしてない……してないよな？」

慌ててリモコンで、アーティストに『生存フラグ』がないかチェックをしている。

恋愛フラグがクスクス笑って、

「じゃあ本日の主役・モブ男《お》くんが、まず誰が歌うか指定してよ」

「いいの？　じゃあ生存フラグさんのいいとこ見てみたい！　フゥゥーッ！」

「ノリがウザい……」

生存フラグは顔をしかめながらも、立ち上がって歌い始めた。澄んでいて伸びのある、じつにいい声だ。

「きゃー！　せーちゃん素敵ー！」

失恋フラグがサイリウムを振り回して盛り上げる。

生存フラグは頬《ほお》を赤くして歌い終えると、マイクを失恋フラグに押しつけた。

「ふん、次はキサマが歌え」

「えぇ？　どうしようかな……そうだ、れんれん、デュエットしましょ！」

「あぁもう、めんどくさいなぁ」

言葉とは裏腹にすぐ立ち上がり、デュエットをする。

さすが姉妹というべきか、歌も振り付けも息ぴったりだ。

神様は拍手をして、

「いいねー！　天界で、姉妹アイドルとしてデビューさせたいくらいだよ！」

「神様、アタシ是非《ぜひ》やりたいです！」

「衣裳《いしょう》のプロデュースは、ぜひ僕に……あれ？　どうして急に目を合わせてくれなくなったの？」

神様のクソダサセンスは、周知の事実だからである。

失恋フラグは、マイクをフラグちゃんに渡す。

「次はアンタね」

「は、はい」

フラグちゃんが歌うのはラブソングだ。

彼女も上手《うま》いうえに、命がけで好きな男を救った後のせいか、かなりの情感がこもっている。

「ふん、まあまあじゃないの……ぴえん」

「なんでキサマが感動しとるんじゃ……」

生存フラグは呆《あき》れつつも、失恋フラグにハンカチを渡してやる。

次はモブ男《お》が立ち上がり、マイクを取った。

「さあ、俺の魂の叫びに震えろ！」

（どうせモブ男さんの事ですから、下《しも》ネタ満載のコミックソングでしょうね）

フラグちゃんたちはそう思ったが……

意外にも、Ｖチューバーの最新人気曲だ。しかもかなり歌唱力が高い。

恋愛フラグが口笛を吹いて、

「何気《なにげ》にイケボだからね、モブ男君は……」

「う、うまぁあーい！　惚《ほ》れ直しちゃった！」

失恋フラグは、両手の指の間すべてにサイリウムをはさみ、オタ芸をする。

フラグちゃんも見とれる。彼女が持つスマホの、モブ美《み》が言う。

「ラノベだと歌は色々と権利関係が難しいから、動画の『歌ってみた』も視《み》て欲しいわ」

「ラノベ？　動画？」

一体なにを言っているのだろう、と、コミカライズの一巻の表紙を飾った少女は思った。

歌い終えたモブ男。拍手に包まれる中、神様にマイクを差し出したが、

「僕はいいよ」

「そうですか――じゃあ皆で盛り上がれるやつ歌おうぜ」

モブ男が入力したのは、ポップで軽快な曲だ。

「さあ、立って立って！」

彼の先導で、皆で肩を組む。フラグちゃんはモブ男とかなり身長差があるため、苦労している。

「ちょっと、モブ男さん、屈《かが》んでいただけま……なんかワキが臭い！」

「ひどっ！」

恋愛フラグは、生存フラグの肩を抱き、

「せーちゃん、こういうの嫌がらないなんて珍しいね」

「まあ、こんな夜くらいはよかろう」

「えへへ～、れんれんとモブくんに挟まれて幸せ～」

そして皆で歌い始めた。

神様は両手でマラカスを振り、スマホの中のモブ美は口ずさんでいる。

フラグちゃんは胸が熱くなった。こんな風に皆で大騒ぎできることが、本当にありがたい。

（ああ）

諦めないで、よかった。

■翌朝

「ううん……」

モブ男は目《お》を覚ました。

少し昨日は飲み過ぎたかもしれない。飲み会のあと、自室となった倉庫に戻ってきたことは、うっすら覚えているのだが。

（……あれ？）

周囲を見回して、驚く。

昨日あれほど汚かった部屋が、ピカピカだ。天井も床もホコリ一つ無い。

（あのちびっ子、ここまでやってくれたのか）

償いのつもりなのだろう。モブ男は素直に感謝した。

「よーし、今日から『練習台《トレーナー》』として頑張らないとな」

張り切って廊下へ出る。

「ん？」

そこには、室内にあった物が積み上げられていた。

メモ書きが残されている。『これらのゴミは、後で処分しにきます』……№1が書いたものだろう。

（何か面白いもん、ないかな？）

ゴミの山をあさると、興味を惹《ひ》かれるものを見つけた。

『メタモルドリンク・プレミアム』

無機物などに変化できる天界アイテムだ。モブ男は以前にこれで、スマホになったことがある。

「そうだ、これを使って……ぐひひ」

彼らしい、実に汚い笑み。

どうやら天界でも通常運転のようだ。

⚑

十分ほど後。

モブ男は宮殿の『床』になっていた。視覚的には仰向《あおむ》けになったような状態である。

（天使や死神が通ったら、パンツが……ぐふふ）
無論『メタモルドリンク・プレミアム』を使ったからだ。
（なんか、前に飲んだときと、味が違う気がしたけど……）
こうして変身できるなら問題ない。
足音が近づいてきた。
（おお、第一パンツと遭遇！　しっかり観賞させてもらいまーす！）
爆上《ばくあ》がりするテンション。
見えたのは長くすらりとした脚。スネ毛がびっしり生え、その奥にはブリーフが……
（って、神様じゃねーか!!）
今日はアロハシャツではなく、古代ギリシャ人のような貫頭衣《トゥニカ》を着ている。
「うーん、昨日は飲み過ぎたかもしれない……少し休もう」
床にあぐらをかいた。
（ぎゃああ!!　ケツが！　生暖《なまあたた》かいケツが俺の上に！）
ダイレクトの神罰を受けるモブ男《お》。
神様は顔面蒼白《そうはく》で、激しくえずく。
「今にも吐きそうだ……うええっ」
（頼む、我慢して！）

その後も、通りかかったコンソメ丸《まる》におしっこをされそうになったり、ロクな事がない。

（床になったのは失敗だったかな……ん？）

近づいてくる足音。

ようやく若い女性が、二人やってきた。大鎌を持っているのをみると死神だろうか。

（んほー！）

大興奮するモブ男だが。

死神二人の会話に、冷や水をかけられたような気持ちになる。

「なんか天界に人間がいるらしいけど、マジ？」

「死神No.269の育成のために作られた存在らしいよ。あんな無能、いくら目をかけたって無駄なのにね」

（……ひでえ事を言いやがる）

フラグちゃんの言葉を思い出す。

『……**私って、本当に、ダメダメで……**』

フラグちゃんは何度も何度も、周囲の心ない言葉に傷ついてきたのだろう。

でも。

（……俺は『練習台《トレーナー》』）

こういう状況を変えるためにも、俺は天界に留《とど》まったんじゃないか！

「今は笑っておるがよい」

「な、なに⁉」

とつぜんのモブ男《お》の声に、怯《おび》える死神二人。

「『№２６９が無能』などと、見る目のない奴《やつ》らだ」

「何言ってんの？　あんた誰？」

「俺の名はモブ……じゃない。あの死神№１ですら、頭《こうべ》を垂れる偉大な存在と言っておこうか」

「あ、あの最強の死神に⁉」

昨日謝られたので、嘘《うそ》は言ってない。

「震えて待て――絶対に№２６９は立派な死神となる。あとお前達《たち》の今日のパンツは、白とグレーだ！」

「ぎゃあああ！　なんで知ってんの⁉　……って……」

死神二人が、こちらを見下ろしている。

（え、どうしたんだ？）

周囲を見まわし、驚愕《きょうがく》した。

床から、人間に戻っている！

（なんでだ？『メタモルドリンク・プレミアム』の効果時間はかなり長いはずだけど……）

そういえば、味が少しおかしかった。

もしかしてあれ、古かったのか？　倉庫でホコリをかぶっていたし……ゆえに、効果が早く切れてしまったのでは？

死神二人が、殺意の滲《にじ》む眼光で、

「先日は全裸で走り回って、今日はのぞき？　何なのアンタ？」

「お、俺は練習台だ。そうだ！　君たちも、手取り足取り指導してあげるよ」

「誰かを指導する前に、まず己のわいせつ行為を反省しろ！」

「ド正論！」

二人は蹴りを入れて、去って行った。

「いてて……まあいいや。そろそろ行くか」

モブ男は起き上がり、仮想世界への扉の方へ歩いていく。

これから『練習台』としての初仕事が始まる。

「二度とフラグちゃんが『落ちこぼれ』なんて言われないようにしてみせるぞ」

――そこから少し離れた、曲がり角。

先ほどから、モブ男《お》の様子を見ていたフラグちゃん。その表情は、完全に恋する乙女である。

「モブ男さん……私のために怒ってくれた……」

「いやあいつ、床に化けてパンツ覗《のぞ》いておったからな？」

生存フラグが、呆《あき》れ顔《がお》でつっこんだ。

⚑

モブ男は、仮想世界への扉の前にやってきた。

そのそばには神様がいた。空中に表示させたディスプレイで、仮想世界の調整をしているようだ。

「おはよう『練習台《トレーナー》』。特訓お願いできるかい？」

「はい！」

「あの子達《たち》のこと、よろしく頼むよ」

目を細める神様。

モブ男《お》は扉をあけ、仮想世界へ入っていく。

（ここは……）

宇宙船のようだ。さまざまな装置が並び、窓の外には星々が見える。

胸元で揺れるペンダントには、モブ美《み》の写真が入っていた。

衝撃と轟音《ごうおん》。

宇宙船が激しく揺れ、警報が鳴り響く。

どうやら小型隕石《いんせき》が衝突したようだ。

「ここで死ぬわけにはいかない――」

今回も泥臭く、見苦しく、どんな手を使っても生き延びようとしてやる。

それでこそ、あの子の特訓になるはずだ。

「故郷に帰ったらモブ美と、結婚するんだから！」

「立ちました！　それは死亡フラグです！」

フラグちゃんが、笑顔で現れた。

（さあ、今日も特訓を始めよう）

それが俺の日常。

プログラムだったときも、人間である今も、ずっと変わらない。

# エピローグ

一方、天界の宮殿。神様がディスプレイで仮想世界の様子を見ていると。

背後から声をかけられた。

「神様」

「おお、死神№270」

フラグちゃんより、一つ下の№で呼んだ死神は――

少年だ。

中性的な顔立ちをしており、小柄なフラグちゃんよりも、さらに一回り小さい。着ているのは黒く丈《たけ》の長いパーカーだ。白い太ももがまぶしい。

「さっき、この扉に入っていったアホヅラ、誰です？」

声にも表情にも、どこか生意気さがある。

「ぼくと神様以外に、天界に男はいないはずだけど……」

「あぁ、彼は天界の新しい住人『モブ男《お》』だよ。死神や天使を成長させる『練習台《トレーナー》』の役割をしている——君も一緒に特訓したらどうかな？」

「え？　いらないいらない。ぼく優秀だもん」

No.２７０は、手を横に振った。袖がかなり余っている——いわゆる萌《も》え袖というやつだ。

「さっきも人間界に行ったけど、ターゲットだけじゃなく他の奴《やつ》らも破滅させて、フラグいっぱい回収してきたんだ」

『褒めて褒めて』という風に、上目遣いで見てくる。

「……」

神様は考える。

（この子は、確かに頭がいい）

だがフラグ回収の結果にこだわるあまり、人を言葉巧みに操ったり、無関係の者も巻き込む欠点がある。

『優しさ』が必要なのだ。ならば——

（No.２６９と組ませてみようか）

プラスの化学反応が起きるかもしれない。現に、生存フラグは大きな成長を見せている。

神様は屈《かが》んで、人差し指を立てた。

「君に、一つ提案があるんだけどね」

不思議そうに首をかしげる死神No.２７０。

彼の役割《ロール》は『破滅フラグ』といった。

# あとがき

どうもこんにちは。壱日千次《いちにちせんじ》です。

『全力回避フラグちゃん！』のライトノベル五巻を手にとっていただきありがとうございます。楽しんでいただければ幸いです。

それにコミックアルナ様で連載中の、原田靖生《はらだやすおう》先生による漫画がコミックスとなって発売されました。動画やラノベ同様、こちらもお楽しみいただければと思います。

それでは謝辞に移ります。

原作者のbiki様、株式会社Plott様には、五巻でも様々なアドバイスやご指摘をいただきました。ありがとうございます。

担当編集のA様、N様、S様も、お力をお貸し頂き感謝申し上げます。

さとうぽて先生、イラスト全巻すばらしいです。ありがとうございました。

それでは、またお会いできれば幸いです。

壱日千次

コミックでも
死亡フラグちゃん、
大活躍！？
全力回避フラグちゃん！
YouTube
登録者数123万人
オーバー！
（2023年9月26日現在）
information
月刊コミック
アルナで
コミカライズ版
大好評連載中!
漫画:原田靖生
原作:壱日千次、Plott、biki

「ファンレター、作品のご感想をお待ちしています」

あて先

〒102-0071　東京都千代田区富士見2-13-12
株式会社KADOKAWA　MF文庫J編集部気付
「壱日千次先生」係　「さとうぽて先生」係　「Plott」係　「biki先生」係

MF文庫J

# 全力回避フラグちゃん！5

2023年10月25日　初版発行

著者　壱日千次

原作　Plott、biki

発行者　山下直久

発行　株式会社 KADOKAWA
〒102-8177 東京都千代田区富士見 2-13-3
0570-002-301（ナビダイヤル）

印刷　株式会社広済堂ネクスト

製本　株式会社広済堂ネクスト


Printed in Japan　ISBN 978-4-04-682993-1 C0193



◇◇◇

# 〈第20回〉MF文庫Jライトノベル新人賞

MF文庫Jライトノベル新人賞は、10代の読者が心から楽しめる、オリジナリティ溢れるフレッシュなエンターテインメント作品を募集しています！ ファンタジー、SF、ミステリー、恋愛、歴史、ホラーほかジャンルを問いません。
年に4回締切があるから、時期を気にせず投稿できて、すぐに結果がわかる！ しかもWebからお手軽に投稿できて、さらには全員に評価シートもお送りしています！

イラスト：konomi（きのこのみ）

通期

**大賞**
**【正賞の楯と副賞 300万円】**
最優秀賞
【正賞の楯と副賞 100万円】
優秀賞【正賞の楯と副賞 50万円】
佳作【正賞の楯と副賞 10万円】

各期ごと

チャレンジ賞
【活動支援費として合計6万円】

※チャレンジ賞は、投稿者支援の賞です

## 選考スケジュール

■第一期予備審査
【締切】2023年 6月30日
【発表】2023年10月25日ごろ

■第二期予備審査
【締切】2023年 9月30日
【発表】2024年 1月25日ごろ

■第三期予備審査
【締切】2023年12月31日
【発表】2024年 4月25日ごろ

■第四期予備審査
【締切】2024年 3月31日
【発表】2024年 7月25日ごろ

■最終審査結果
【発表】2024年 8月25日ごろ

MF文庫J
ライトノベル新人賞の
## ココがすごい!

年4回の締切! だからいつでも送れて、**すぐに結果がわかる!**

**応募者全員**に評価シート送付! 執筆に活かせる!

投稿がカンタンな**Web応募にて受付!**

チャレンジ賞の認定者は、**担当編集がついて直接指導!** 希望者は編集部へご招待!

新人賞投稿者を応援する**『チャレンジ賞』**がある!

**詳しくは、MF文庫Jライトノベル新人賞公式ページをご覧ください!**
https://mfbunkoj.jp/rookie/award/